JN324012

二見文庫

熟年痴漢クラブ

霧原一輝

目次

熟年痴漢クラブ

第一章　終電の優先席

1

ターミナル駅のホームに、銀色の車体に黄色いラインの入った私鉄が停まっていた。最終電車である。

（どうにか間に合った）

坂巻民雄《さかまきたみお》は酔いでふらつく足を引きずり込むようにして、車両に乗り込んだ。

運良く優先席がひとつ空いている。とはいえ、六十三歳は優先席に遠慮なく座っていいかどうか、微妙な年頃である。

だが、今、自分は酔っている。

しかも、ローンで建てたマイホームの最寄り駅であるM駅まで三十分はかかる。

その間、立っていることは健康上よろしくない。

(今夜は、よしとしよう)

優先席のドア側の席に腰をおろした。

隣に座っていた二十五、六歳の女と肩が触れたが、どうも酔っぱらっているようで、ほとんど反応がない。

目を閉じて、こっくり、こっくりやっている。

ＯＬだろうか、癒し系の厭味《いやみ》のないやさしげな顔立ちで、チャコールグレーの地味なスーツを着ていた。

かるくウエーブしたミディアムヘアからのぞく首すじはほっそりとしていて、その悩ましい首すじからブラウスの胸元にかけての肌が朱に染まり、息も少し酒臭い。

(会社の飲み会だろうか、それとも、恋人と一緒に？　こんなになるまで飲ませてひとりで帰す恋人がいるのだろうか？)

思いを巡らせている間にも、最終電車に乗り遅れまいと、次から次と客が乗り込んできて、今日が金曜日ということもあるのだろうか、車内は朝の通勤ラッシュアワー並の混雑になってきた。

暑くなってきて、民雄はコートを脱ぎ、胸前に抱えた。季節は四月だが、肌寒かったこともあり、民雄は春用の軽いコートを着て外出していた。

車内アナウンスとともに自動ドアが閉まり、電車が静かに動き出す。

電車が地下にある駅の構内を離れ、街中を走りだしても、隣の女は相変わらずこっくり、こっくりやっている。時々、民雄のほうに身体を傾がせ、あわてて体勢を建て直す。

髪の甘く爽やかな香りに鼻孔をくすぐられ、ひさしぶりに嗅ぐ女の匂いに、眠っていた男の欲望が目を覚ましそうになり、そんな自分を叱責《しっせき》する。

一年ちょっと前に、長年連れ添ってきた女房を病気で亡くしていた。すでに性生活はなくなっていたが、しっかりしていて夫を立てることもできる、妻としては最高の女だった。

勤めあげた家電メーカーを三年前に定年退職し、その後二年は関連会社で働き、六十三歳になって関連会社も辞めた。それから、悠々自適の第二の人生を送るはずだったのだが……。

家族が自宅にいれば気持ちの張りも違うはずだ。だが、三十歳の娘は北海道在住の男に嫁いでいるし、二十八歳になる息子はまだ独身で、関西の会社に勤めている。したがって、今、家には民雄しかいない。

家で自分の帰宅を待っている家族がいない、ということがこれほど寂しいことだとは思わなかった。

息子が家に帰ってきて、結婚もして、その孫の遊び相手をしながら、という可能性もないでもないが、会社が関西にあるだけにどうなのだろう?

何か生き甲斐になるようなことを見つけなくては——とは思う。

かつての六十三歳と言えば、仕事に対するエネルギーが尽きる時期でもあり、つらい労働から解放されて、静かに第二の人生を迎える年頃だったのかもしれない。だが、現在の六十三歳は違う。

今夜は、同時期に会社を定年退職した同僚たちとひさしぶりに会って飲んだのだが、彼らの多くは人生を謳歌していた。

仲が良かった青田《あおた》などは、女房とはセックスレスのくせに、今アドバイザーとして雇われている会社で、若いOLと不倫の関係になり、マンションの家賃も出してやって、愛人化している。

それと好対照なのが飯島《いいじま》で、完全に働くのをやめて、退職金で買ったキャンピングカーで、恋女房とともに日本中を旅してまわっている。

(俺はどう生きればいいのだろう?)

目を閉じて、これからのことを考えていると、右肩に重みを感じた。隣の女が民雄に寄りかかっていた。頭を左に傾けて、肩に載せ、寝息を立てている。

困ったな、と思いつつ周囲をうかがう。

正面には、吊り革につかまったスーツ姿の男が、二つ折りのケータイ画面を見ている。その隣の若い女もスマートホンでメールを打っている。優先席の左側のドア付近では、若いイケメンが耳に差し込んだイヤホンから、シャカシャカとした音を垂れ流して目を閉じている。

長い間、通勤電車に乗ってきたが、最近は乗客がみんな自分の世界に没入していて、他の者を気にかけなくなったような気がする。

(このままで、いいか……)

女も週末で疲れが出ているのだろう。それにどんな状況であっても、美人と身体を密着できるのは悪い気はしない。

退職してからは外出が億劫《おっくう》で、キャバクラやソープにも行っていないから、女と肌を接するのはほんとうにひさしぶりだ。

右腕には、女の柔らかな二の腕のしなりを感じる。性欲が枯れてしまったのかと思っていたのに、神経が女体の接している右腕や肩に集まってしまう。

そのとき、電車が揺れて、女の上半身が前に傾き、腕の背後、すなわち脇腹に腕が触れた。

女が姿勢を保ったままなので、二の腕に柔らかなふくらみがあたっているのを感じる。

それが女の乳房であるとわかり、ドキッとする。

しかも、電車が揺れるたびに、乳房のぶわわんとしたたわみが二の腕に伝わってくる。

しばらくすると、自分の鼓動なのか女のそれなのか、女体に触れている上腕にドクッ、ドクッという強い脈拍を感じた。

そして、ほんの少しだけだが、分身に力が漲《みなぎ》る気配がある。

（困ったな……）

幸い、手にしたコートが下腹部を隠しているので、勃起を気づかれる心配はない。だが、これでは、偶然がもたらした僥倖《ぎょうこう》をスケベオヤジが鼻の下を伸ばして愉しんでいるように見えないか？

ふたつほど主要駅を過ぎた頃には、車内もかなり空いてきて、立っている者の間から向こう側の優先席も見られるほどになった。

女は依然として、民雄の肩に頭を預けてこっくりこっくりやっている。

下を見たときに、女の膝がだらしなくひろがっていることに気づいた。

チャコールグレーの膝丈のボックススカートがずりあがって、かわいい膝頭とその上、十センチほどの太腿が見えている。

しかも、左右の膝が三十度くらいに開いているせいで、肌色のストッキングが張りつく太腿の内側が、微妙な光沢を放ちながらのぞいている。

確かに眠っているときに、左右の膝がぴったりとくっついていること自体がおかしいのであって、身体の力がゆるめば、構造的にも足はひろがるだろう。

ごく自然な行為だとは思う。だがどうしても、視線は開いた膝とその隙間に吸い寄せられてしまう。

女が眠っている間にごく自然に足が開いてしまう――。

その光景がこんなに男心をくすぐるものだったとは知らなかった。

ふと前を見ると、向こう側の優先席のほぼ正面に座っている中年男性が、眼鏡を光らせて、こちらを見ていた。スカートの奥まで覗こうとしているのか、姿勢を低くして、じっと女の股ぐらに視線を投げている。

女の足はさっきより開く角度が増したように見るから、きっと太腿の付け根あたりまで覗けるはずだ。もしかしたら、下着までも……。

自分が彼だったら、おそらく、目の保養とばかりにその光景を目に焼きつけていただろう。だが、民雄は今はこちら側にいる。

そうなると、相手が娘ほどの年頃の女であることもあってか、女の保護者のような感情になる。

民雄は膝に置いていたコートを、隣の女の膝にかけてやった。全部、彼女にかけるのもへんな気がして、民雄の膝にもコートは載っている。

春物のコートは女の膝からそのやや下まで覆っているから、これであの男の視線を遮ることができるはずだ。

正面の男がバツの悪そうな顔をして民雄をうかがい、目を閉じた。

2

「コウジさん……」

男の名前を口にした女が、ぴったりと身を寄せてきた。胸のふくらみが民雄の右腕に強く押しつけられる。

既婚者には見えないから、コウジというのは、たぶん、恋人の名前だろう。女が夢現《ゆめうつつ》のなかで民雄をコウジであると誤解していることは、推測できる。

（困ったな……）

女を起こすべきだろうか？　すでに幾つかの駅を過ぎている。このままでは、乗り越してしまう可能性だってある。

（起こしてやるか……）

民雄が女の頭を肩から外そうとしたそのとき、股間に何かが触れるのを感じた。ハッとして見ると、女の左手が民雄のコートの下に潜り込んでいた。

女の冷たい指が、ズボンの股間に触れているのだ。

偶然なのか、それとも、コウジとやらと間違えているのか？

ここ数年来、女性に股間をタッチされたことなどない。

六十歳を過ぎて、ただでさえ勃起しにくくなっている上に、酔うといっそう勃起力が弱くなる。だが今夜に限って、イチモツはどんどん力を漲らせていく。

（マズいぞ、マズい……）

困惑が周囲を気にしていると、女の指がエレクトしたものの感触を確かめるように、ズボン越しになぞってきた。

「ふふっ、カチカチ」

女は確かにそう言った。しかも、微笑みながら。

囁《ささや》くような声であったたし、たぶん、他人には聞こえていない。おそらく、夢現のなかで、コウジという恋人に向かって吐いた言葉だろう。

だが、女の洩らした「カチカチ」という言葉が、頭のなかでリフレインしている。

しかも、女は時々思い出したように、勃起を握ったり、さすったりする。民雄を完全にコウジだと錯覚しているのだ。

そして、民雄のイチモツは鋼《はがね》のように硬くなっている。ズボンを突き破らんばかりに、ギンといきりたっている。

ひさしぶりに味わう下腹部の怒張感が、民雄をせかしてくる。

周囲を見渡しても、二人を気にかけている者はいない。

体を満たす男の欲望が、狡《ずる》い考えの背中を押す。

(少しくらい触ってもいいだろう。女がいやがったらすぐにやめて、偶然を装えばいいんだ……いや、ダメだ。真面目で通っている自分がこんなことをして万が一捕まったりしたら、家族にも同僚にも顔が合わせられない)

胸のなかでふたつの考えがせめぎあった。手のひらにも額にもじっとりとした汗かにじんできた。

しばらくじっとしていた女の指が動いて、肉柱をぎゅっと握ってきた。

ジンとした痺れにも快感が、民雄の背中を押した。

民雄は右手をコートの下に潜らせ、そろそろと女の太腿に向かって伸ばしていく。

コートの下でスカートが太腿を包んでいるのがわかった。

ゴクッと生唾を呑みながら、すべすべのスカート地を太腿の上方に向かって引きあげていく。

緊張と不安感で、全身に脂汗が噴き出てきた。

女に拒む素振りは見えない。

(女が先に仕掛けてきたのだ。自分はそれに応えているだけだ)

そう自分を納得させて、ずりあがったスカートの下方に手を伸ばす。すべすべざらざらしたストッキングの感触を感じた。

周囲をうかがい、女の気配に神経を尖らせながら、太腿の外側から内側へと右手をすべらせていく。

女は依然として、拒む素振りを見せない。

女が眠っているのに乗じて痴漢をする——自分がひどく卑劣なことをしているという意識はある。

（だが、優先席で酔いつぶれているのが悪い）

自分の欲望を正当化しながら、四十五度ほどにひろがっている太腿の内側へと、思い切って、右手をすべり込ませた。

そろそろと撫であげていくと、ストッキングが途絶えて、肌の温かくてすべすべした感触があった。

（えっ……？）

女が太腿までのセパレート式ストッキングを穿いていることに気づいたとき、太腿がぎゅうと締まってきて、手の動きをはばんだ。

「……！」

手を引くことも、愛撫することもできなくなって、民雄は進退窮まった。

今までの倍以上の汗が背中ににじとっとにじんでくる。胃に穴が開くんじゃないかと思うほどに、胃が痛い。

そのとき、女の太腿の力がふっとゆるんだ。

手を引き抜くべきだった。今なら、まだ戻れる。

だが、できなかった。気づいたときは、内腿をなぞりあげていた。

しっとりとした弾力あふれる内腿の奥に触れた途端に、また、太腿がぎゅうとよじりたてられる。

だが、今度は指はすでに股間に届いている。しかも、すべすべのパンティの基底部は幾分湿っているようにも感じる。

夢のなかで、恋人とイチャイチャしているうちに、あそこを濡らしてしまったのだろう。

しかし、足をこんなに強く閉じているのは、きっと目が覚めて、自分がされていることに気づいているからだ。いやがっているのだ。だとしたら、なぜ左手をズボンの股間にあてたままなのだろう……？

頭は混乱している。だが、右手は基底部に張りついたままで、しかも、ゆるゆると動いている。

昔からこうだった。女性とベッドをともにすると、右手が勝手に動いていることが多かった。亡き女房には、「いけない右手ね」とよく右手を冗談半分に叩かれたものだ。

女はじっとうつむいたまま、太腿を締めつけながらも、他人に見られるのがいやなのだろう、自分の膝の上のコートのふくらみを左手で隠している。

(わかっているのだ。この事態を把握しながらも身を任せているのだ)

そう思った途端に、ためらいが消えた。

民雄は右の手のひらを下腹部に向けた格好で、中指を尺取り虫みたいに動かして、基底部をなぞりあげた。

パンティストッキングを穿いていないので、薄い布地のパンティ一枚である。ぐにぐにした小陰唇とその狭間を、指にはっきりと感じる。

柔らかく沈み込むような女の亀裂の感触——。

長らく忘れていたものを思い出していた。民雄の股間はますますいきりたって、ズボンを突きあげる。

頭のなかで、血液が流れる音が聞こえるようだ。

次第に、周囲が気にならなくなっていく。

民雄は溝を擦りあげ、その上方にある突起を円を描くように愛撫する。

パンティの湿り気が増し、ぐにぐに感も強くなったと感じた次の瞬間、女は民雄にしか聞こえないかすかな吐息をついて、肉茎をぎゅっと握ってきた。そして、下腹部がせがむようにせりあがってきた。

感じているのだ。民雄の指に、下腹部を押しつけるまでに昂《たかぶ》っているのだ。

昂奮したときに感じる蚊の羽音に似た耳鳴りが聞こえる。

中指に人差し指を足して、パンティ越しに女の基底部をかるく引っ掻くと、

「くっ……」

女は洩れそうになる声を、唇を噛んでふさいだようだった。

民雄はギターのトレモロ演奏をするように、指先で基底部を連続して愛撫する。

女はぎゅうと太腿をよじり合わせて、いやいやをするように首を振る。

だが、腰は微妙に動いて、その揺れが民雄の腰にも伝わってくる。

今度はパンティの基底部をなぞりあげてやる。さらに、上から下へ、下から上へと連続して撫でると、閉じていた足がゆっくりとひろがった。

膝にはコートがかかっていて、他人からは見えないという気持ちが、女を大胆にさせているのだろう。

もっと触ってほしい、とでも言うように、下腹部をせりあげて指に押しつけて

くる。

さっきより明らかに湿り気を帯びたパンティは、分泌液が生地に沁《し》みとおってきて、指先をも濡らす。

力を込めると、恥肉がぐにゅぅと沈み込み、外側の一対の肉びらのふくらみと谷間の微妙なへこみの形が指に感じられる。

さらさらのミディアムヘアが垂れかかる女の深くうつむいた顔が、ほんのりと朱に染まっていた。酔いに羞恥心と昂奮が加わっているのだ。

民雄は荒くなる息づかいを抑えて、女の股間をいじりつづける。

途中で電車が停車駅で停まり、女がちらっと車窓から外を見て、駅名を確認した。降りないところを見ると、降車駅はまだ先なのだろう。

電車が動き出して、乗客はめっきり減っていた。

正面の優先席に座った中年男が眼鏡を光らせて、こちらを盗み見している。おそらく、ばれている。

きっと、自分は女が酔っていることにつけ込んで、悪戯をしているスケベな中年に見えているだろう。

だが、止まらない。何かが切れてしまった。

捕まえたいのなら、捕まえればいい――。

ストッキングの切れ目からのぞく太腿の素肌も愛撫した。太腿の内側には信じられないほどの量の汗が噴き出していて、ぬるっぬるっとすべる。

ここまで汗をかくのは、緊張感と昂奮のせいだろう。女は民雄が考えているより、昂っているのかもしれない。

内腿をなぞりあげていき、また、基底部に指を届かせた。分泌液が沁みとおっている布地を擦ると、女は足を開いたまま、陰部を前に突き出してきた。

やさしげな顔をした女が、欲望をあらわにする。

そのあらかさまな行為が、民雄に一線を超えさせた。

二等辺三角形の形で切れあがったパンティを横にずらし、サイドから指を中心へと持っていく。

そこはオイルを塗りたくったようにぬるぬるで、指でなぞると、適度なぬめりとともに見事なまでにすべる。

(そうか、女はこれほどまでに股ぐらを濡らすんだったな)

随分と前に味わったセックスの記憶がよみがえってきた。

3

潤《うる》みに沿って指を走らせているうちに、中指が窪んだ部分に落ち込んでいく。
あっと思ったときには、指先がぬかるみに嵌《は》まり込んでいた。
「うっ……」
女が低く呻《うめ》いた。
吸引装置でもついているかのように女の膣は、潤みの奥へと中指を吸い込もうとする。
前を見ると、正面に座っている男が目を見開いてこちらに視線を投げている。
もう、絶対にばれている。
(かまうものか……)
民雄はこの現実を超越したところにいた。
押し込んだ中指で肉路の天井を開くようにして擦りあげると、
「くっ……くっ……」
女は民雄の肩に顔を埋めて、洩れそうになる声を必死に押し殺す。
もう誰が見ても、普通ではない。尋常でないことが行われていることは目に見えてわかるはずだ。

だが、女は左手で民雄の勃起をしっかりと握っていて、その圧迫感が民雄の正常な意識を奪っている。

民雄はブーンとした耳鳴りを聞きながら、膣肉を掻きまわした。

今、この女と指だけで繋がっている。

そのことを、ひどく卑猥に感じる。まるで、中指に目がついているように、女の膣の様子がはっきりとわかる。

粘膜のぬらつきも、肉襞のふくらみも、うごめきも。

狭隘《きょうあい》な肉路《の》がまったりとからみついてきて、指の動きを封じようとする。

それを押し退けるようにして指を躍らせているうちに、内部にますます蜜があふれてきたのか、それとも、昂奮して膣内がふくらんできたのか、指の稼働範囲がひろがった。

ネチッ、ネチッと淫靡な音が、コートの下から立ち昇っている。それが聞こえるのは、多分、自分とこの女だけだ。

女は右手で懸命にコートのふくらみを隠していた。だが、注意をして見ればそこがリズミカルに動いているのが、他の乗客にもわかるはずだ。

周囲に対する遠慮がなくなったわけではない。だが、脳内が痺れるような昂奮が民雄の背中を押していた。

中指を伸ばして膣内を大きく円を描くように攪拌《かくはん》し、天井のざらつきを擦りあげた。

「くっ……くっ……」

女は民雄の肩に顔を埋めて声を押し殺しながらも、指をもっと深くにとせがむように下腹部をせりあげる。

コートの上からでも、左右の太腿が普段ではあり得ないほどにひろがっているのがわかる。

ガッタン、ゴー。ガッタン、ゴー――。

電車はおかまいなしに線路を走りつづけ、カーブに差しかかると大きく揺れる。その揺れも刺激に変えて、女は確実に高まっていく。

恥ずかしいほどにいきりたつ肉柱を握る女の指に力がこもり、時々、しごくようにすべらせる。

女は癒し系のととのった顔を今にも泣き出さんばかりにゆがめて、眉をひそめている。だが、それが快楽を告げる表情であることは、長年の経験でわかる。

民雄はもっと感じさせたくなって、中指を添え、二本の指を第二関節まで押し込んだ。

「くっ……！」

女の反応が大きくなり、肉路がうごめくようにして指を締めつけてくる。

くいっ、くいっと内側に誘い込む肉襞の動きを感じて、民雄はなおも強く指を押し込み、天井のざらつきを擦った。

ノックするように連続して叩き、指先で粘膜を引っ掻くようにすると、女の気配が一気に変わった。

「くっ……うぐ……」

右手の甲を口許にあてて声を噛み殺しながらも、顔をのけぞらせ、いけないいっとばかりにうつむく。

下半身がぶるぶるっと小刻みに震えはじめていた。

（イクのか……気を遣《や》るのか？）

先ほどからの動きで、手がだいぶ疲労していた。それをこらえて、ぐいっと天井を掻いたとき、

「うっ……！」

女はがくがくっと震えて、民雄に寄りかかってきた。

息づかいがまだ荒い。胸が大きく波打っている。

絶頂を迎えた肉路がおののくようにして収縮し、指を締めつけてくる。

しばらくの間、女は民雄にしがみつくようにして、エクスタシーの余韻に震えていた。

我に返って周囲を見まわすと、何人かの乗客が、お前ら何をしているんだ、という非難がましい目を向けている。

現実に帰って、急に自分のしたことが恥ずかしくなり、民雄は静かに女の体内から指を抜く。

女も民雄の股間から手を外し、うつむいて、周囲を見ようともしない。

まるで、女の絶頂を待っていたように、二人を乗せた普通電車が徐々に速度を落とし、最後はブレーキ音とともにガッタンと停まった。

プシューッと空気が抜ける音とともに、自動ドアが開く。

民雄の降車駅であるM駅のひとつ前の駅だ。

駅名がアナウンスされて、女がハッとしたように、立ちあがった。

顔を隠し、逃げるようにして、自動ドアから外に出ていく。

女がホームに降り立ってすぐにドアが閉まった。

動きだした電車の車窓から、民雄は女を見た。

チャコールグレーのスーツを着た中肉中背の女はふらふらしながらホームを歩いていたが、すぐに、ベンチに崩れるように座り込んだ。

4

その夜、民雄はベッドのなかでひさしぶりに自慰をした。

想像のなかで、あの名前も職業も何もわからない女を民雄は愛撫していた。

彼女がテレビでよく見かける癒し系の女優H・Aに似ていたので、民雄は勝手にハルカと呼ぶことにした。

まだ見ぬハルカのふっくらとしたオッパイも揉みしだき、愛らしいピンクの乳首を吸うと、ハルカは、

『ああ、坂巻さん、気持ちいい。気持ちいい』

と、心底感じている声をあげる。

それから、民雄の前に腰をおろした状態で足を大きく開き、

『ねえ、見て。見て……』

民雄の顔をくっきりした二重の目で妖しく見て、両手を股間に伸ばした。

左右の陰唇に指を添えて、ぐいっと開く。

赤い薔薇のような真紅の内部が姿を現し、そこはすでにねっとりとした愛液を滴《したた》らせている。

ハルカは右手の中指と薬指をいやらしく舐め、唾液にまみれた二本の指を赤い祠《ほこら》に一気に差し込んだ。

『ぁああ、いい……いいよ。坂巻さん、どうにかして、お願い』

潤みきった瞳を向けながら、二本の指をズボズボと往復させる。

そして、そのあられもない姿を、民雄は分身をしごきながら、食い入るように見ているのだ。

ハルカは癒し系のはずなのに、膝を立てて足を大きく開き、右手の指を膣に抜き差ししながら、左手では乳房をつかみ、ピンクの乳首をこねまわしている。

『きみは電車のなかでもそうだった。かわいい顔をしているのに、男が好きなんだね。いやらしいんだね』

想像のなかで、民雄はそうハルカを言葉で嬲《なぶ》る。すると、ハルカは、

『ああ、言わないで……』

くなり、くなりと羞恥に身をよじりながらも、ますます激しく膣肉を指でいじるのだ。

民雄はたまらなくなって、近づいていく。

ハルカの前に仁王立ちになって、猛りたつものをぐいぐいしごく。

すると、ハルカはとろんとした目でそれを見つめ、ついには、自分から頬張ってくる。

手で皺袋をあやし、口は小さいのにぷっくりとした唇を肉棹の表面にぴったりと密着させて、巧みにすべらせる。

根元から先端まで満遍なく唇でしごかれると、民雄は挿入したくなる。

ハルカを押し倒して、正面から押し入る。

すると、先ほど車内で体験した、締まりがよく、とろとろに蕩けた膣肉が分身を適度な温かさで包み込んでくる。

しかも、そこは硬直にからみつきながら、クイッ、クイッと内側へ引き込むような動きを示すのだ。

民雄は脳裏に焼きついているハルカの顔を思い出しながら、遮二無二叩き込んでいく。

『ぁああ、あんっ、あんっ……』

甲高い喘ぎがやがて、

『うっ、うっ……』

という低い呻きに変わり、ハルカは顔を思い切りのけぞらせる。

それから、民雄は様々な体位を取る。

横から攻めたり、女上位に持っていったり……。

そして、ハルカは民雄の腹の上で踊り狂う。

最後に、獣の体位を取り、後ろから強く攻めたてると、

『あん、あん、あんっ……いいの。後ろからされるのがいいの……たまらない。たまらない……ぁあうぅぅぅ』

ハルカはシーツを握りしめて、逼迫《ひっぱく》した声を放つ。

『お前は、電車で痴漢されて気を遣る女だ。なんだ、あれは？　乗客が見ている前で、はしたなく昇りつめて』

『ああ、言わないでください』

『事実だから、仕方がないだろ。どんな気持ちだった？　気を遣るとき、どんな気持ちだった？』

『わからなくなっていたの。もう、何もわからなくなって……ただ、ただ……』

『ただただ、昇りつめたかったんだな？』

『はい……』

『はしたない女には、お仕置きをしなくてはいけない』

民雄は腰を律動させながら、尻を手のひらでスパン、スパンと叩く。

『ぅあっ……ぅあっ……ぁあああ、イク……イッちゃう』

『そうら、イケ。恥をさらすんだ』

つづけざまに叩き込んだとき、

『イク、イク、イッちゃう……やぁああああああ、はうっ！』

ハルカが昇りつめて、首をいっぱいにのけぞらせた。

その直後に、民雄も射精していた。

握りしめた肉茎の先から、白濁液がすさまじい勢いで、噴き出した。

体が痺れ、体内の何もかもが抜け出ていくような凄絶な射精だった。

一滴残らず指で絞り出すと、どうしようもない虚脱感が襲ってきた。

民雄は腹にドロッと付着した精液を拭《ぬぐ》う気力もなく、ただただ横たわってぜいぜいと息をする。

閉じた瞼《まぶた》の裏に、また、ハルカの容姿がよみがえってきて、ハルカが車内で昇りつめたシーンを思い出しながら、民雄はティッシュボックスから取り出したティッシュで、腹部の汚れを拭《ふ》いた。射精するのはひさしぶりだった。そして、その夜、民雄は珍しくぐっすり眠ることができた。

第二章　痴漢体験、危機一髪

1

その朝、民雄は最寄りのM駅から急行電車に乗った。ちょうど朝の通勤ラッシュ時で、車内は混んでいる。

今日は午前九時半に、都心で人に会う約束があった。辞めた関連会社の役員が緊急に相談に乗ってほしいことがあるのだという。民雄も恩があるので、向こうの指定した時間に会社で会うことになった。

都心のターミナル駅に向かうこの私鉄路線は、うんざりするほど混むことで有名であり、通勤時間にはもちろん座ることなどできない。

つくづく、何十年もの間、この通勤地獄によく耐えてきたものだと思う。

吊り革につかまっていられればいいのだが、すでに空いている吊り革はなく、民雄は立錐《りっすい》の余地もないほどに混雑している乗客の間で、足を踏ん張って体を支えていた。

電車に乗ると、十日前の最終電車での出来事を思い出してしまう。なぜ、あんな破廉恥なことをしてしまったのか？　実際、捕まってもおかしくない状況だった。

自分自身への怒りと、恥ずかしさのようなものがせめぎあっていた。だが、そんな気持ちとは裏腹に、夜ひとりでベッドに横になると、民雄がハルカと名付けた女との優先席での目眩《めくるめ》くような痴戯を思い出して、ついつい右手が股間に伸びてしまう。

自分があの出来事から逃れられていないのは確かだ。だからこそ、あの二の舞はもう踏みたくない。だから、今朝もなるべく女性には近づかないようにしている。

とはいうもの、満員電車では自分の立ち位置を完全にコントロールできるわけもなく、気がつけば今も、民雄の前には背の高い女が立っていた。

長身でロングヘアを背中に散らした女は左手で吊り革につかまり、右手でケータイを操作している。

三十歳前後だろうか、ウエストの絞り込まれたスーツを着ていた。スリットの入ったタイトスカートが大きく張りつめた尻をぴっちりと包み込んでいる。

横顔はきりりっとして、知性美をたたえているから、社長秘書か、あるいは、部下を持つキャリア・レディといったところか。

いかにも気位が高そうで、尻を触ったりしたら、ハイヒールで踏みつけられそうな気がする。

民雄はなるべく体をくっつけないように、気をつけていた。

電車が徐々にスピードを落として、停車駅で停まった。少数が降りて、大勢の客が乗り込んでくる。

客に後ろから押されて、民雄は長身の女に背後から密着する形で、身動きできなくなった。

(困った……。これでは、痴漢に間違えられかねない)

意図的にやっているわけではないが、股間が女の尻に触れてしまっている。

民雄は男としては背が低いほうで、女が長身なので、イチモツがぷりっとした尻のふくらみの底にあたっている。

必死に立ち位置をずらそうとするのだが、両サイドからも、後ろからも強い力で押されていて、身動きできない。

そうこうしているうちに、電車が揺れて、民雄の股間も同じように揺れて、女の尻を擦るような形になった。

足が長いせいか、女のヒップはかなり上にあり、しかも、西欧人並に発達していて、後ろに突き出す形で盛りあがっている。

ズボン越しに、女の尻の充実しきった弾力を感じる。車両の揺れとともに、吊りあがった尻と下腹部が微妙に擦れる。

マズいことに、ズボンの下のイチモツが硬くなっていくのがわかった。

いったん大きくなりかけると、棒の形になった肉茎が尻肉を押す圧迫感をいっそう感じるようになって、ますます分身が硬化するという悪循環に陥った。

これまでなら、満員電車でたとえ女性の尻に触れても、勃起することなどなかった。

おそらく、先日の優先席での僥倖を体が覚えていて、下半身が反応してしまうのだ。

これでは、完全に痴漢だと思われてしまう。

案の定、女は硬いものが尻に触れているのがわかったのだろう、怒ったように尻を横にずらした。

ずらしたと言っても、動かすことのできる範囲は限られている。横の乗客から押されたのか、ふたたび元の位置に戻ってしまう。明らかにいきりたって、ズボンを突きあげているものが、また女の尻に強く押しつけられた。

今度は女は動かない。

この満員電車のなかでは不可抗力と判断して諦めたのか、吊り革につかまって車窓から外の景色を眺めている。

(何とか事なきを得そうだ……)

一安心したとき、女が尻を民雄に向かって、くいっと突き出してきた。

(えっ……?)

きっと、何かの拍子に偶然こうなったのだろう、とそのときは思っていた。

だが、違った。

女は尻をほんのわずかだが、しかし確実に円を描くようにまわしだしたのだ。

偶然などではない。明らかに意識的に尻を動かして、民雄の下腹部に擦りつけてきたのだ。

まさかの出来事に唖然《あぜん》としていると、女は黒のハイヒールを履いた足を肩幅に開き、腰を前後に振った。

仰角にいきりたっている肉茎がちょうど尻たぶの狭間に嵌《は》まり込み、その動きによって擦られる。

（おおぅ……！）

分身に強い刺激を受けて、民雄は洩れそうになる声をぐっとこらえた。

信じられなかった。

女は両手でひとつの吊り革につかまり、まるで、民雄の肉茎をもてあそぶかのようにぐいぐいと尻を擦りつけてくるのだ。

そのとき、電車が建物の陰に入り、そのせいで周囲が暗くなって、女の顔が車窓に映った。

正面から見る女の顔は、きりっとしているがアーモンド形の目は目尻が切れあがって、冴えざえとしたなかにも妖艶な魅力を秘めていた。

鏡と化した車窓のなかで、二人の目が合った。

女は表情を変えずに真っ直ぐに民雄を見たまま、もっと押しつけてと言わんばかりに、尻をいっそう突き出してきた。

(そうか、この女は、むしろ、痴漢してもらいたがっているんだ)

優先席での出来事が脳裏によみがえってくる。

(女のなかには、見ず知らずの男に触られることに悦びを見いだす者がいるのかもしれない)

体のなかで何かが変わりつつあった。

耳の近くで、あの蚊の羽音に似たブーンとした音がする。

これが聞こえてくると、どこかおかしくなってしまう。

右手がごく自然に動いていた。

女の腰の右側面に手のひらを向けて触れると、女がビクッとして、吊り革をつかむ手に力を込めた。

右手が腰の側面をさすりはじめた。何かに操られているようだった。

きゅっと引き締まったウエストから大きく張り出した腰にかけてのカーブが感じられる。

手のひらにじとっとした汗がにじんできた。

それでもいきなり手をつかまれて、痴漢呼ばわりされるかもしれない——そんな緊張感は残っている。

だが、明らかに触られているとわかっているはずなのに、女はいやがる素振りを見せない。

（いいんだ、いいんだ……）

民雄は断崖絶壁から飛び降りる気持ちでその判断に賭け、右手をそろそろと尻のほうに移動させていく。

張りつめてぷりっとした肉の弾力が手のひらに伝わってくる。

右側の尻たぶのちょうど真ん中あたりで手を止めて、その丸みをそっと包み込んだ。

自分がしていることが信じられない。これは、明らかに痴漢である。犯罪である。

そんな思いが頭をよぎるたびに手のひらからだけでなく、背中からも冷たい汗が噴き出してくる。

耳鳴りは大きくなって、まるで何千匹の蚊が耳のなかで飛びまわっているようだ。

女の身体が緊張でこわばるのがわかる。だが、依然として拒むような仕種は見せない。

口のなかがカラカラに渇いていた。わずかばかりの唾をそっと嚥下した。

女に聞こえたのではないかと不安になるほどの大きな音がした。

(いいんだ、この女は痴漢をいやがっていない)

そう自分を叱咤して、右側の尻たぶに沿って、指を慎重に動かした。

タイトスカートはぱつぱつに尻に張りついていた。そして、手のひらには、豊かな尻の何とも言えない柔らかな弾力が伝わってくる。

少し位置を変えてみる。同じ尻でも場所によって、微妙に弾力も柔らかさも肉の厚みも違うようだ。

横から女の様子をうかがった。女は目を閉じている。

付け睫毛《まつげ》だろうか、長い睫毛が時々、パチパチと音がするほどに瞬《まばた》きをする。

女は両手で吊り革につかまって、その腕の間に顔を伏せていて、男の指によってもたらされる感触を味わっているようにも見える。

その姿に勇気づけられて、じっくりと女の尻を味わうことにした。

下のほうから撫であげると、太腿の裏側から急激に尻の底がせりだしていて、尻たぶの底がもっとも丸々として、量感がある。しかも、全体が雄大である。

民雄も若い頃は、乳房にもっとも惹《ひ》かれたものだった。だが、歳を取るにつれて、興味が尻に向かってきたような気がする。

尻にもいろいろな形と大きさがある。

その尻のひとつひとつに、隠しきれない女の人生や性生活といったすべてが詰まっているような気がする。

そして今、自分は欲望のシンボルである尻を撫でて、慈しんでいる。

下から持ちあげるように撫であげ、真ん中の丸みを円を描くようにさすりまわした。すると、女は尻肉をきゅっと引き締めたり、もどかしそうに前後に揺すったりする。

2

（先日の優先席の女もそうだった。いるんだ、こういう女が。今まではそういう女に出会わなかっただけだ）

民雄は右手を慎重におろしていき、手さぐりでタイトスカートの後ろのスリットをさがした。

そこからゆっくりと手を差し込んでいくと、スカート内にこもっている生暖かい空気を感じた。

ストッキングに包まれた女の内腿に沿ってなぞりあげ、太腿の付け根に指を押しあてると、

「……！」

女がビクッとして、顔をあげた。

心臓が縮みあがった。鼓動が異常に速く、大きい。

数秒が、ひどく長く思えた。

女の身体から緊張感が抜けた。そして、触っていいわよ、とばかりに尻を民雄に向けて突き出してきた。

血液が流れの勢いを増しているのを感じる。その濁流に流されるように、民雄は女の股間をいじりまくる。

薄いパンティストッキングを通して、女の割れ目の柔らかさが伝わってくる。そこが女性器のどの部分なのか、はっきりとはわからない。だが、強めに擦ると、中央部の谷間がぐにゃりと沈み込んで、その蕩けるような感触が指に心地よい。

なんという卑猥な感触なのだろう。

今、パンティストッキングとパンティという薄布の内側では、この女の器官が

息づいているのだ。

(濡れているのだろうか？　男を求めて潤滑油をにじませているんだろうか？)

相手は見るからに気位の高そうな女だ。その女がこんなオヤジに股間を自由に触らせてくれているのだ。

頭がおかしくなるような耳鳴りのなかで、しかし、指だけはどこか冷静に女の器官の敏感な部分をさがしている。

尻の谷間から前へと指を走らせ、肉土手の狭間の柔らかな溝を中指で幾度もなぞった。

すると、女は指の動きにつれて自分から腰を揺すり、もっと触ってとばかりに恥肉を擦りつけてくるのだ。

民雄は我を忘れそうになるのをぐっとこらえて、柔肉の前方へと指を走らせ、薄布越しにでもはっきりと感じられる肉の突起をとらえた。

こりっとしたクリトリスをくるくるとまわすように刺激すると、

「あっ……！」

女の顔が持ちあがった。

吊り革に伸びた二の腕に隠れるようにして、顔をのけぞらせ、左手の甲を口に押しつけて、「くっ、くっ」と必死に声を押し殺している。

(感じているんだ。人前で、こんな美人が……)

民雄は左手も動員して、女の腰から尻にかけてのラインを撫であげ、撫でおろす。そうしながら、右手ではクリトリスを二本指に挟み、波打たせて側面に細かい刺激を与える。

知らずしらずのうちに、民雄は女の背後にぴったりとくっついて、黒髪に顔を埋めていた。

ストレートのロングヘアからは、爽やかなリンスの香りと、どこか獣染みた皮質の匂いがブレンドされたような蠱惑臭《こわくしゅう》が立ち昇って、呼吸をするたびに脳が痺れていく。

じかに、女の器官に触れたくなった。

(……これ以上はダメだ)

だが、もう止められない。

パンティストッキングの上端から右手を差し込もうとした直後、その手首ががしっと握られていた。

一瞬、何が起こったのかわからなかった。

女が振り向きながら民雄の手を高々と持ちあげて、吐き捨てるように言った。

「さっきから、しつこいわね」

「いや……」

「痴漢ね。この人、痴漢です！」

女の声が車内に響き、民雄にはそれが死刑宣告に聞こえた。

ドッと血の気が退いていく。

自分が鉄道警察に突き出され、痴漢として捕まり、息子や娘に大恥をかかせることになり、挙げ句には彼らに見捨てられる——。

そんな未来が一瞬にして、脳裏をよぎる。

否定しなければ。とにかく、認めてはダメだ。

だいたい、女は触ってほしい、とばかりに自分から腰を突き出してきたではないか。

「いや、していないよ」

どうにかして、声を絞り出した。

「何をとぼけているの？　さっきから、わたしのお尻やあそこを触りまくっていたでしょ！」

「この手が証拠だわ。わたしはスカートのなかに入っていた手をつかんだのよ。これよ、この手よ」

「いや、人違いだ」

女がもう一度、民雄の手を高々と持ちあげた。

周囲の乗客がほぼ全員こちらを見ている。民雄を、まるで汚いものを見るように、軽蔑の眼差しを向けている。

穴があったら入りたい――とはこのことだ。

そのとき、男の声が聞こえた。

「見ていたんだが、この女は自分からケツをぐりぐり押しつけて、痴漢を誘っていた。いるんだよ、そういう女が……」

ハッとして見ると、民雄より背の低い、くたびれたスーツを着た中年男が、女に向かって鋭い視線を投げかけていた。

「何言ってるのよ。妙なこと、言わないで！」

長身の女が、その男をにらみつけた。だが、事実であるという認識があるのだろう、とまどいを隠せない様子だ。

「妙なことじゃない。事実じゃないか。俺はこの人の後ろから見ていたんだ。あんたは自分から尻をこの人の股間に押しつけて、ぐりぐりとおチンチンを刺激していた。そういう女を痴女って言うんじゃないか」

「していないって言ってるでしょ！　グルなのね。あなたたち、そうでしょ！」

民雄を挟んで、二人が言い争いをしている。

そして、周囲の乗客はいったい何が起こっているのか、と訝《いぶか》りながらも、どこか興味津々で様子を見守っている。

「言っておくが、俺はこの人に会うのは初めてだ。グルなわけがない。この人が捕まるのが可哀相だから言っているんだ」

「失礼な人ね。訴えるわよ」

「どうぞ、どうぞ……俺は見たままを証言するからな。あんたがそのでっかいケツでこの人のあそこをグリグリして、痴漢を誘っていたって」

「仮によ、仮にそうだったとしても、この人がわたしのお尻やあそこにある目的を持って触れていたことは事実よ。あえて避けなかったんだから。それって、痴漢でしょ」

「ふふっ、認めたね、あんた、今」

「そうじゃないわ。人の話を正確に聞きなさいよ」

「……あんたは、一度も拒もうとしなかった。むしろ、股を開き、尻を突き出して、触りやすくしていた。つまり、合意に基づいていたってことだ。それを、痴漢とは呼ばないだろう」

民雄を挟んで、二人の弾丸のような会話はつづいていた。

周囲はざわついてきて、客車に乗り合わせた人のほとんどがこちらを注目している。民雄は恥ずかしくて、居たたまれない。

だが、誰ともわからないこの男が自分の救世主であることは確かだ。まさに、藁《わら》にでもすがりたい気分だ。

そのとき、車内が一瞬ピカッと光った。

若い男が、この様子をケータイで写真に撮ったのだ。

「ちょっと……誰よ。今、撮ったの？」

女が光源のほうを振り向いて、苛立《いらだ》った声をあげた。

「おお、こえぇ」

眼鏡をかけた若い男がぼそっと呟《つぶや》いた。

「消してよ。今撮った写真のデータ、消しなさい」

女が若い男に向かって、声を張りあげた。

「ちょっと、あんたたち迷惑よ。ここをどこだと思っているの。電車を降りてから揉めてちょうだい」

そう声を張りあげたのは、見るからに高級そうなスーツを身につけた、太った中年女だった。

ややあって、電車がスピードを落とし、駅で停まった。

「降りて、三人で話をつけよう」

背の低い男が二人を見た。

民雄としても、これ以上ここでさらし者になるのはいやだった。

男とともに移動して、自動ドアからホームに降りる。だが、あの女は出てこない。

「あの……?」

「いいんだよ。これ以上、騒ぎを大きくしたくないんだろ。つまり、これでジ・エンドってわけだよ」

女を乗せた電車が動き出し、徐々に速度を増しながらホームを離れていく。

女の姿がないことで、民雄はほっと胸を撫でおろした。

(それにしても、この人はなぜ見ず知らずの男に味方をしてくれたのだろう?)

浅黒く、鷲鼻で口先の尖った鳥に似た横顔を眺めていると、男が言った。

「ちょっと、話そうか」

3

勧められるままに、ホームのベンチに腰をおろした。少し早めに家を出たので、若干の余裕はある。

そもそも、男は自分を救ってくれた恩人である。

「危なかったな」

隣に座った男が言った。

「ええ……おかげで助かりました。何とお礼を言っていいのか」

相手が明らかに年上であることもあり、素直に頭をさげることができた。

「何となく危ないな、と思って見ていたんだ。そうしたら、あれだからな……他人事とは思えなくて」

「えっ……？」

「俺も、同じ趣味があってね」

「同じ趣味？」

「……痴漢だよ」

男が耳元で囁いた。

「あっ、いや……私は決してそういうんじゃなくて」

「ついつい魔が差したんだろ？」

民雄は小さくうなずいた。

「さっきの女、この線では有名な痴漢キラーでね。わざと誘っておいて、痴漢を捕まえて突き出すのが生き甲斐みたいな女なんだ。T商事、知ってるだろ？　あそこの秘書室勤務らしいんだけどな」

やはり、想像したとおりだった。だが、そんな恵まれた女がなぜ痴漢撃退に精を出しているのか？

欲求不満でも溜まっているのだろうか？　さっぱり理解できないが、性格の悪い女もいるのだろう。

「名刺を渡しておくよ」

男が手渡してきた名刺には、『熟年痴漢クラブ』という奇妙な肩書とともに、米倉亮一《よねくらりょういち》という名前が印刷してあった。

「この、『熟年痴漢クラブ』というのは？」

「このK線を中心に、痴漢に勤《いそ》しむ熟年男性がかなりいるんだけど、俺はそこの、何というか、まとめ役みたいなものをやっているんだ」

そう言った米倉の小鼻が自慢げにひくついた。

「クラブ……なんですか？」

「ああ。口で言ってもわからないだろうから、今度、うちの会合に招待するよ。いや、気が進まないなら、もちろん無理強いはしないから」

「そうですか……」

民雄の迷いを払拭《ふっしょく》するためだろう。米倉は、かつては精密機器会社の部長をしていたが、定年退職で辞めてもう七年経つのだと自己紹介した。

米倉はいわば自分の恩人である。この人がいなければ、今頃、自分は鉄道警察に捕まって、前科一犯になっていたかもしれない。

民雄は自分の名前を明かし、定年退職して無職であることと、これから退職した会社で人と会う約束があることを告げた。

「そうか、なら、急がないと……じゃあ、これから俺が痴漢の見本を見せるから。捕まらないやり方を覚えておいたほうがいいな」

「いや、私は……」

「わかってるよ。気が進まないなら、離れていればいい」

米倉が立ちあがったので、民雄も腰をあげる。

自分は痴漢を趣味とする者とは思ってはいないが、『熟年痴漢クラブ』という奇妙な会のリーダーがどのように痴漢をするのかには興味がある。

米倉は、電車を待っている列を見ながらホームを歩いている。これといった獲物を物色しているのだろう。

「あの子にしよう。尻のデカい子が好きなんだよ……俺についてこいよ」

そう言って、米倉は列の最後尾に並んでいるOL風の女の後ろに張りついた。年の頃は二十七、八だろうか。中肉中背でスーツを着て、眉間が狭く、いかにも真面目そうな顔をしている。

銀色に黄色いラインの入った車体を朝の陽光に光らせて、電車がホームにすべり込んできた。

少しの客が降りて、大量の客が我先にと乗り込む。

米倉は女の後を追い、女を巧みに誘導して、こちら側のドアに外側を向く形で押しつけ、自分はその背後に張りついた。

民雄も苦労して、米倉の斜め後ろの位置を確保する。

女はケータイも使わず、疲れた顔をドアの車窓に寄せて、眉根を寄せている。

（神経質そうで、怒りっぽそうだ。こんな女を痴漢できるんだろうか？）

民雄のほうが心配になってくる。

米倉が右手を自分の前に持っていって、手の甲で女の尻に触れているのが見える。

何かの本で、手の甲で触っているうちは、痴漢だと認定されないと読んだことがある。

米倉は車両の揺れに任せて、女の尻に手の甲を押しつけていたが、やがて、手を静かに反転させた。

手のひらが尻を包んでくるのをわかったのだろう、女が腰を前に逃がした。

だが、もともとドアの前に立っているので、そう動かせないはずだ。

米倉の手が濃紺のボックススカートに包まれた尻を、ゆるゆると撫ではじめた。

ためらいなど感じられない、どこか確信を持った触り方だ。

これでは、完全に痴漢されている、という意識を女性が持つはずだ。

案の定、女が後ろ手に米倉の手を撥《は》ねつけた。

普通はここで諦めるだろう。だが、米倉はめげなかった。むしろ、大胆になって、背後に伸ばされた女の手首を左手でがっちりと握った。

動きを封じておいて、右手をスカートの奥へと差し込んだ。

まさかの行為に気押されたのか、女の身体がこわばるのがわかった。

この一瞬にかけていたのだろう、米倉が右手を一気に太腿の付け根まですべり込ませ、そこをぐいとこねあげるのがわかった。

ビクンッ……。

女はシャックリでもするように震えて、それから、まるで全身の力が抜けてしまったように、前のドアに寄りかかった。

女の脱力に乗じるかのように、米倉は嵩《かさ》にかかって攻めたてる。

腰を抱えて左手を前に持っていき、スカート越しに女の腹部から股間にかけてを、撫ではじめた。

そうしながら、スカートの奥に忍ばせた右手で、尻たぶや内腿、鼠蹊部をいやらしくさすっているのだ。

女はもう抗《あらが》おうとしないで、ただただされるがままで、がっくりとうつむいている。

信じがたい光景だった。さっきから、まだ数分しか経っていない。

それに先ほど見たところでは、とても痴漢を許すような女には見えなかった。

まるで、魔術でも見ているようだった。

しばらくして、電車が停車駅で停まり、反対側のドアが開いた。

おそらく、米倉は次の駅でどちら側のドアが開くかも頭にあったのだろう。

だが、次は終点で、左右のドアが開く。あと五、六分で着いてしまう。

小柄な米倉は、女の背後に密着して、左右の手で女の股間を前と後ろから攻めながら、長い髪の襟足に顔を寄せている。

その姿を見て、民雄は電車内の痴漢は背が低いほうがいいのだ、と思った。

目立たないし、女の下半身に触るのにも、手の位置が低いところにあったほうがやりやすい。

自分は男にしては背が低いほうだから、体型的には痴漢に向いているのかもしれない。

米倉は時間にせきたてられるように、いっそう大胆に女を触りはじめた。

女を抱きかかえるようにして、右手でスカートの奥をまさぐっている。

たくしあがった濃紺のスカートから、肌色のパンティストッキングに包まれた太腿の裏側が見え、米倉の手がスカートの裏側に入り込んで、太腿の奥をさかんに触っているのがわかる。

そして、左手はサイドからまわり込んで、スカート越しに下腹部を撫でているのだ。

ここまですれば、周囲にも、明らかに痴漢であるとばれているはずだ。

だが、米倉のかもしだす熱気、殺気に気押されているのか、それとも、女が感じているような気配を出しているせいか、乗客たちも呆気に取られていて、米倉を咎《とが》めるような者はいない。

(そうか、女に考える暇を与えないように、やるときは一気にケリをつけたほうがいいんだな。女は啞然としている間に、急所をさぐりあてられて、抵抗する気力をなくしてしまうということか……女がいやがる素振りを見せなければ、他の乗客だって、そうそう非難する気にはならないだろう)

だからと言って、自分が同じことをできるかといえば、おそらく、できないだろう。とてもそんな勇気などない。ちまちまとためらっているうちに、女に拒まれるのが落ちだ。

米倉の指がどんな具合に動いて、どこをどのように愛撫しているのかは残念ながら見えない。

女はパンティストッキングを穿いているから、じかに触れることはできないはずだ。にもかかわらず、女が金縛りにあっているのだから、触り方が巧みなのだ。

女の急所を突いているのだ。

米倉が女の長い髪をかきわけるようにして、耳たぶを舐めたり、中耳に息を吹きかけているのがわかる。

終点まであと数分というところで、女が震えはじめた。

片手をドアの車窓について、深々とうつむき、髪に隠れた顔を薔薇色に染めて、がくん、がくんと腰を落とす。

内股になり、へっぴり腰になって、自分が痴漢されている現実が信じられないとでもいうように、時々顔を左右に振る。

動きが止まった次の瞬間、顔が少しずつあがりはじめた。

女は関節のふくらみの少ない、すらっとした指で車窓を引っ掻くようにして、少しずつ顎をせりあげていく。

すぐ近くにいる民雄には、その表情が見えた。

頰から首すじにかけての、女がもっとも美しいラインをのぞかせ、閉じ合わさった長い睫毛を震わせて、唇をきゅっと嚙みしめている。

その唇が「あっ」とか細い喘ぎとともに開き、あわてて口を締め直す。米倉の指づかいが激しくなったのだろう、女は下半身をぴったりとドアに密着させ、腰から上を徐々にのけぞらせていった。

(イクのか……イクんだな？)

民雄が瞬きするのも忘れて注視していると、

「くっ……！」

女は低く呻いて、喉元が一直線になるまで顎をせりあげた。

それから、木が倒れるように背後の米倉にもたれかかった。

女は密室で二人だけの空間で気を遣ったのではない。通勤電車という公共の場で、他の者が大勢いるなかで、昇りつめたのだ。しかも、女はどこにいるようなごく普通のＯＬにしか見えないのに——。

民雄の下腹部から脳天へと、昂奮の果てにある痺れが貫いていった。

ズボンの下で、イチモツがこわばり、先走りの粘液をこぼしている。

女が昇りつめて、ものの一分ほどで電車はブレーキ音とともに、終点のターミナル駅で停まった。

プシューと自動ドアが開くと、女は我に返ったのか米倉から身体を離し、逃げるようにしてホームに降りた。

その少し後から二人は降車する。

ホームを歩きながら、米倉が言った。

「俺はこの駅から、下りに乗る。適当な駅で降りて、また上りに乗る。そうやって、数回同じことを繰り返すんだ……で、坂巻さんにその気が少しでもあるなら、明日にでもケータイに連絡をくれ。次回の集まりの日時を決めておくから。じゃあ」

下りのホームに向かって歩いていく米倉の小柄な後ろ姿を、民雄は呆然として見送るしかなかった。

彼の姿が消えると、我に返り、今目《ま》の当たりにしたことを頭のなかで反芻《はんすう》しながら、改札口に向かって急いだ。

第三章　クラブ会員の過去

1

その日、民雄は米倉の住むマンションへと向かっていた。『熟年痴漢クラブ』の会合が開かれるのだ。

民雄はさんざん迷った末に米倉に連絡をして、この日時と場所を教えてもらった。

自分は痴漢を趣味とするわけではない。だが、米倉に痴漢の現場を見せてもらったことで、俄然興味が湧いてきた。

それに、家にいても、暇を持てあますだけだ。

会社を辞めてから、近くのカルチャーセンターで行われている「歴史」の講義に通っていて、興味のある戦国時代の歴史書などを読み漁っているが、それで潰せる時間はそう多くはない。

仲間が欲しかった。腹を割って話せる人を求めていた。

先日、電話で話したところによると、米倉は離婚して独身であり、両親はすでに亡くなり、子供も自立して巣立ってしまい、住み家を売ったお金でマンションを購入し、そこにひとりで住んでいるのだという。

自分と同じような境遇であることに、共感を覚えたことも、民雄がこの会合に出ようと決意したひとつの要因だった。

米倉の住むマンションは、K線で駅ふたつ離れた、急行の停まる駅から徒歩数分の交通の便のいい街中にあった。

まだ新しい八階建てのマンションで、購入価格は相当高いはずだ。

エレベーターで五階にあがり、教えられたルームナンバーのインターホンを押し、名前を告げると、

「ああ、待ってたよ。今、開けるから」

米倉の声が流れて、すぐにドアが開けられた。

「もう、みんな来てるから」

招き入れられて、米倉の後について廊下を歩き、リビングに入っていく。カーテンの閉め切られた十畳ほどの洋間にはソファが置いてあり、そこに、三人の熟年男性が座って、テレビを見ていた。

大型液晶テレビの画像には、盗撮したものだろうか、女のスカートのなかに男の手が入り込んで、パンティストッキングの基底部を撫でている薄暗い映像が流れていた。

米倉はリモコンでテレビを切って、カーテンを開け放った。

部屋が明るくなり、ソファに座っている三人の顔がはっきりと見えた。それぞれが一癖も二癖もありそうな容貌で、民雄は気押されて立ち尽くした。

「紹介するよ。こちら、坂巻さん。この前、例の秘書のトラップにかかっているところを、まさに危機一髪で救出してね。まだまだ初心者だけど、興味がありそうなので招待した。よろしく、頼むよ」

米倉に紹介されて、「坂巻です」と頭をさげると、三人もかるく会釈を返す。

勧められるままに、椅子に腰をおろした。その隣にあるもうひとつの椅子に腰かけて、米倉が言った。

「早速だけど、自己紹介もかねて、みんなのこれという痴漢話をしてやってくれないかな？」

米倉の提案に三人は互いを見渡して、ためらっていたが、米倉にもう一度せかされて、承諾した。

「じゃあ、まずは、国枝《くにえだ》さんから」

名指しされて、国枝と呼ばれた紳士然とした男が、吸っていた煙草を、センターテーブルの灰皿に押しつけた。民雄と同世代だろうか、痩身で端整な顔をしている。着ているスーツからも品の良さが立ち昇っている。

国枝が背筋を伸ばして、口を開いた。

「国枝克己《かつみ》、六十二歳です。高校で国語を教えておりました」

元高校教師が痴漢クラブ……？

民雄は驚きを隠せない。民雄の表情を見てとったのか、米倉が口を挟んだ。

「だいたい教師なんて種族は、むっつり助平が多いんだよ。風俗店とか、旅行先で羽を伸ばしたときに、やらかすのは教師、公務員、銀行員と、お固い職業に就いている者と相場が決まっている。日頃は真面目にしていなくちゃいけない。偽善の仮面をかぶっているから、溜まるんだろうな。痴漢も真面目な職業に就いている人が多い。警察官がこの前、捕まっただろう？」

民雄は、少し前に新聞に載っていた事件を思い出した。

「俺だって、お固い職業と言えばそうだったからな……ああ、悪いね、話の腰を折ってしまって。つづけてください」

「……私はこの会に入れていただいて、まだ半年でして。先輩たちのように武伝はないんです。だから、前座を任されたんでしょうが……」

「この前、話していた、教え子を痴漢したってやつ。あれなんか、いいんじゃないか」

米倉に言われて、国枝がうなずいた。

「そうですか。じゃあ……ちょうど一年前の今頃でした。勤めていた高校を定年退職して、私はしばらく予備校の講師をしていましてね。当然、職場の往復にはこの線を使います。で、その朝……」

その朝、国枝は通勤ラッシュで混雑している急行で、かつての教え子の姿を目にしたのだという。

「長田朋美《おさだともみ》といってとても優秀な生徒で、とくに文科系が得意で、卒業後は都内にある有名私立大学にストレートで合格しました。才色兼備で、我々教師の間でも大変評価の高い、模範生でした。卒業したのが十年前でしたから、二十七、八歳というところでしょうか。

印象の強い生徒でしたから、私は一目で彼女だとわかりました。知性的な美しさは変わっていませんでしたが、そこに女らしさが加わって、誰もが注目するいい女になっていました。スーツを着ていたから、おそらく、ＯＬをしていたのでしょう」

国枝は懐かしくなり、声をかけようと、満員電車の人込みをかきわけて、彼女に近づいたのだという。

「あと少しというところで、異状に気づいたのです。彼女はドアに押しつけられようにして、うつむいていました。様子がおかしいので注意して見ると、眼鏡をかけたサラリーマンらしい痩せた中年男が彼女の背後に張りついて、スカートのなかに手を入れていたのです」

そこまで語って、国枝は薄い唇を真一文字に結んだ。

その先を早く聞きたくなって、民雄は身を乗り出していた。

国枝は思わせぶりに間を置いてから、つづきを語り出した。

「明らかに痴漢でした。当然、彼女もいやがっているでしょう。かつての教え子が痴漢の被害にあっているのに、黙っているわけにはいきません。

やめさせよう。そう思って声をかけようとしたとき、私は長田がそれをいやがっていないことに、むしろ、感じていることに気づいたのです……衝撃でした」

当時の記憶がよみがえってきたのか、国枝は、ズボンの膝をぎゅっとつかんだ。

「翌日、私は昨日と同じ電車の同じ車両に乗って、長田朋美をさがしました。だいたい人は同じ車両に乗りますから。やはり、いました。彼女は女性にしては長身ですから、すぐに見つかりました。昨日のような痴漢はいません。で、私は彼女の後ろにそっと張りつきました。彼女はケータイを見ていて、私には気づいていません。私を見たとしても、何しろ卒業が十年前でそれから会っていないのだから、私を特定できるかどうかは疑問です。で、私が何をしたかというと……彼女を痴漢したのです。教え子を恩師が痴漢したのです」

そう言って、国枝はがっくりと頭を垂れた。

民雄は言葉を失っていた。全員が沈黙している。

国枝が沈痛な面持ちで、話を再開した。

「つまり、私のなかには、痴漢されて感じていたのだから、私がやっても……というやらしい気持ちがあったのです。彼女は最初、拒みました。もちろん、痴漢がかつての恩師であることには気づいていなかったはずです。

私はおかしくなっていました。じつは、在学中から、長田朋美にひそかに恋心を抱いていたのです。当時も美少女でしたが、この子は大人になったら、もっといい女になるとも思っていました。そして、彼女は実際、見るからにいい女に成長していました。こうでもしないと、私なんかでは指一本触れることはできないでしょう。だから……」

国枝が薄い頭髪を掻きむしった。

「拒まれても、拒まれても、私は彼女の尻に手を伸ばしました。そして、何回かのチャレンジの後、彼女は許したのです」

そう言う国枝の目には、うっすらと光るものがにじんでいた。

「私はスカートの上から尻を撫でまわし、スカートのなかに手を入れて、あそこに触れました。もちろん、パンティストッキングの上からですが、長田のそれが濡れて、ぐにゃぐにゃしているのが、はっきりとわかりました。ああ、長田は無理やり触られて、女の大切な箇所を濡らす女なんだ——そう思ったとき、私のなかで何かが壊れたのです……すみません。ちょっと、一服させてもらいます」

国枝は煙草を取り出し、百円ライターで火を点けて、美味そうに紫煙をくゆらせた。

「翌日も、私は同じ電車の同じ車両に乗りました。もう、彼女は車両を移っているだろう。そのときは、もうやめようと考えていました。で、彼女はちゃんといたんです。同じ場所に、その優美な姿でいたんです」

国枝はまだ長い煙草を、灰皿に置いた。

「いやがってはないんだ……今度は確信を持って彼女に近づき、前の日と同じように痴漢をしました。彼女はもう拒もうとはしなかった……数日後です、彼女が太腿までのセパレートのストッキングを穿いてきたのは。それまでは、パンティストッキングでしたから、下着のなかまでは指を入れられなかった。

太腿とパンティストッキングの間のなめらかな地肌、絶対領域と呼ばれるらしいですが、そこに触れたとき、体の芯を衝撃が走りました。そして、今でもはっきりと覚えています。ショーツのクロッチの横から指を差し込んだとき、私の中指を包み込んできた膣の温かい、ぬらつく感触を。そう、そこはまるで蜂蜜を入れた壷のようでした。私はこうして……」

と、国枝は右手の中指を立てて、前後に小刻みに振った。

「こうして、長田朋美のアソコを、教え子のオマ×コを指マンで犯してやりました。冷静になると聞こえるはずはないと思うのですが、私はあのとき、はっきりと聞いたのです。教え子の蕩けたオマ×コが立てるヌチャ、ヌチャという淫靡極まりない音を……」

国枝はまるで今そこに彼女がいるかのように、右手の中指を細かく振り立てた。

「一本では物足らないだろうと思い、薬指を添えて二本にしました。人差し指よりも、薬指のほうが長さが同じくらいなので、女は悦ぶんです。で、手の向きを変えて前の壁を刺激し、さらには、奥のほうにも指を送り込みました。こうして……」

国枝は手首を曲げて、二本指で天を突くような動きをする。

見ている民雄も、そのときの現場がリアルに浮かび、下腹部がむずむずしてきた。

「いやあ、すごかった……あふれでるオツユが私の手を濡らし、グチュグチュと淫猥極まりない音が爆《は》ぜ、滴ったオツユが彼女の内腿までも濡らしていました」

眼鏡の奥の目を異様にギラつかせて言う国枝の股間はふくらみきって、ズボンを高く突きあげている。

「そして……そして……長田は声にならない声で呻き、全身を痙攣させたのです。イッたのです。私の指でかつての模範生が気を遣ったのです。すぐに、膣が指をくいっ、くいっと締めつけてきた。あのおののくような締まり方をいまだにこの指が覚えています」

国枝が、細く長いが関節のふくらんだゴツゴツした指を、熱に浮かされたような目で見た。民雄も昂奮で頭の芯がジーンと痺れていた。

「私たちの蜜月時代は一カ月ほどつづきました。夢のような日々でした。私は痴漢だけではなく、彼女を抱きたい。セックスしたいと思うようになりました。というのも、長田は私のことを覚えていないのではないかと思ったからです。

で、ある朝、改札を通った彼女の後を追い、『ホテルに行ってもらえないか』と声をかけました。そのときの彼女の言葉を今でもはっきりと思い出します。彼女は微笑みながらこう言ったのです。『それは無理です。国枝先生』——」

民雄はハッとして息を呑んだ。そのとき国枝が受けた衝撃が伝わってきたからだ。

「そうです。彼女は自分が高校時代の国語教師であることを知っていて、痴漢を許していたのです。いつから気づいていたのでしょう。最初から？　それとも、途中から？　ですが、私はついにそれを訊くことはできませんでした。翌日、彼女はいなかった。その後もずっと姿を見せなかった……電車中をさがしました。時間をずらしたのかと思って、同じような時間帯の電車ももちろんさがしました……だが、もう二度と彼女の姿を見ることはできませんでした。悔やんでも悔やみきれない。あのまま、指だけで満足していればよかった。なぜ、ホテルに誘ってしまったんでしょう……？　あれで、彼女はこれ以上つきあうことが怖くなったんだと思います。話はそれだけです」

国枝がつらそうに目をつむった。

2

しばらくは、しわぶきひとつ聞こえなかった。

民雄も、国枝の気持ちが痛いほどわかり、沈鬱な気持ちになった。その静寂を打ち破るように、米倉が言った。

「いつ聞いても、切なくなる話だな……では次は、林《はやし》さん、お願いしますよ」

米倉に指名されて、小太りで髪の薄い熟年男性が口を開いた。

「国枝さんの胸に沁みるお話の後で、私のような若輩が話すのは気が引けますよ。まあしかし、聞いてみてください……林優太郎《ゆうたろう》と言います。五十三歳で、薬品会社で営業をしております。このなかでは、一番若いでしょう。ただし、大学生のときから痴漢をやっておりましたので、痴漢歴はかれこれ三十五年といったところでしょうか」

「俺は四十五年だから、俺のほうが長いけどな」

「ええ、もちろん、米倉さんと較べたらヒヨッコですよ。それに、私の場合、痴漢の成功率は極めて低い。せいぜい数パーセントというところでしょうか……だから、女が落ちたときはもう夢のようですよ」

その瞬間を想像したのか、赤い丸顔に恍惚《こうこつ》とした悦びの色が浮かんだ。

「これまでの痴漢人生での最大のハイライトと言えば、やはり、美貌の女医を落としたときでしょうか。私が薬を売り込んでいる病院に、とても三十八歳には見えない、とびっきり美人の外科医がおりましてね。今村冴子《いまむらさえこ》というんですが、手術の腕も美貌も冴えわたっていて、これだけ、名前となりが一致した女を見たことがなかったな……で、私なんかまったく相手にされなくて、鼻も引っかけられずに、ガン無視されてましたよ」

林は自嘲気味に笑って、それから、表情を一変させた。

「彼女は独身で、高級マンションに住み、外車を乗りまわしていたし、私の付け入る隙などこれっぽっちもなかった。ただし、以前からなぜか、彼女は大きなオペを行ったときに限って、電車で帰るんですよ。

不思議だったけど、たぶん、大手術で神経を使い果たしているから、自分で車を運転するのは危険だと判断しているんだろうと勝手に想像していました。でも、それだったら、タクシーで帰ればいい。かねてから疑問に思っていたんです。

で、彼女が心臓の大手術を終えて病院を出るときに、私は密かに後をつけました。冴子が駅のトイレから出てきたとき、その変身ぶりには驚いたな。サングラスをかけて、セクシーなスーツを着ていた。ブラウスの胸元は大きくはだけて、オッパイが谷間まで見えるし、膝上三十センチのタイトミニですよ。

美味しそうな胸のふくらみとその織りなす谷間や、むちむちの大きな尻とすらりとした脚線美に見とれながらも、これは何かあるな、とピンときました。

で、ちょうど帰りの通勤ラッシュと重なったこともあって、電車はかなり混んでいて、そこに彼女が乗り込んでいったものだから、男どもはみんな目を剝《む》いていましたね。服装だけでなく、放つオーラが違いますからね」

林のリアルな情景描写で、民雄は今村冴子という美貌の女医を鮮明に想像することができた。

（そんな才色兼備の女を、林さんは痴漢したということになるのだが……）

先を聞きたくなった。

「まさに、掃き溜めに鶴でした。しかも、その鶴は露出過多の格好で明らかに男を誘っている、誘惑者として、車内に立っているのですから……で、しばらくして案の定、男どもが獲物めがけて近寄ってくるじゃありませんか。私も痴漢のベテランとして、彼らに後れをとってはならじと彼女に向かっていきました。早速、二人の痴漢野郎が冴子を触りはじめました。そして、これはもう予感していたことですが、彼女は拒もうとはしないのです。むしろ、身をゆだねている、やらしているという感じでした。

どこかで聞いたことがあります。大きなオペをした後、ドクターは常人には計り知れないような心境になると。オペの後で緊張が解けたことからくる昂りをおさめるために、必ずセックスをするという女医がいるという話も聞いている。たぶん冴子は大きなオペの後で、痴漢されることで昂りをおさめていたのです。いや、むしろ、心身のバランスを取っていたのかもしれない。とにかく、彼女は痴漢されるために、セクシーな格好で電車に乗っていたのです」

林はいったん言葉を切り、みんなの興味が注がれていることを確認して、また語りはじめた。

「で、私が何をしたのかというと……その二人を追い払って、冴子を独り占めしたんです。もちろん、彼女は私を知っているので、真後ろに張りついて正体がばれないようにはしましたよ。それからの十五分はまさに天国でした。

彼女のヒップは充分過ぎる肉をたたえて、さすっても、ぎゅっとつかんでも、たわわに指を跳ね返してくるのです。そして、タイトミニの下に手を入れたときに、アッと思いました。彼女はガーターベルトで、セパレート式のストッキングを吊っていました。それだけじゃない。確かにパンティは穿いていたが、肝心なところが覆われていない。つまり、オープンクロッチショーツだったのです」

「説明しておくよ。オープンクロッチというのは、エッチ下着の一種で、陰部を覆う布がない。中心がパカッと割れている感じだな」

米倉が、民雄に向かって解説してくれる。

「オープンクロッチの中身はもうぐちゅぐちゅで、指を添えただけで、ぬるっとすべる感じでした。私のこの太い指を美貌の女医のあそこは、いとも簡単に呑み込んでいったのです」

林は体型同様に短いがごつい自分の指を、じっと見た。

「女性の膣はペニス同様に、人それぞれで微妙に違う。冴子の場合は、狭いが柔軟性があり、伸縮が素晴らしかった。こう、なかを掻き混ぜると……」

と、林は二本の指を合わせて大きく攪拌するように動かし、

「粘膜がゴムみたいに伸びて、指にまとわりついてきた。そして、冴子はそれに合わせて腰をグラインドさせ、もっと深いところへ、とばかりに腰を突き出してきたのです……私は彼女の後ろに密着して、肩に散った髪の匂いを思い切り吸い込みましたよ。そして、彼女は——美貌の女医は、私の指でイったのです。何度も、何度も……。だけど、それで終わりじゃなかった。本番はその後だった……彼女は降車駅で、私の手を取ってホームに降りて、こう言ったのです。『林さん、ここまでしたんだから、責任を取れるわね』って。

そう、彼女は痴漢が私であることを知っていたのです。責任を取るとはどういうことだろう？　後をついていくと、彼女はラブホテルの前で立ち止まり、私の手を取ってなかに入っていきました。冴子は私には選択権を与えず、パネルに表示された部屋のなかから一番高い、鏡張りの部屋を選びました。そして……私は冴子に抱かれました。そう、私が抱いたというより、彼女に抱かれたのです。もっと言えば、犯されたのです」

林は言葉を切って、当時のことを思い浮かべているような恍惚の表情を浮かべた。

「美貌の女医はオペをこなすその器用な指で、私のあそこを握り、いじり、いたぶり、キンタマをもてあそび、そして、フェラチオをしてきました。こちらのことなどまったく気にかけずに、一方的にこれが現実であることをにわかには認められなかった。夢を見ているんだと思いましたよ。それまで、私のことなどハナも引っかけなかった女が、このチ×チンを頬張っているんですから。

ペニスに何か憎しみでも抱いているんじゃないかと思うくらいの、攻撃的なフェラチオだった。ペニスが食べられてしまうんじゃないかってね……セックスも攻撃的だった。私にまたがり、濡れたあそこを口にぐいぐい押しつけてきた。それから、上になって勃起を自ら招き入れ、大きく激しく腰をつかった。そうしながら、彼女は鏡に映った自分を見て、恍惚としていた。

結局、私の下になることはなかったな。上になったまま、彼女は何度もイキましたよ。私も何度も射精した。出しても、またすぐに回復するんですよ。いやあ、あんなことは初めてでした。彼女にエネルギーを全部吸い取られていくようでしたよ」

うっとりした顔で言って、林は宙を見た。

「……で、その後はどうなったんだっけ？」

米倉が聞いた。

「それっきりでした。もう二度とお呼びはかからなかったな。こちらからせまっても、『あなた何を言ってるの?』って感じで相手にもされなかった……だけど、それで良かったんですよ。私のような男が彼女に釣り合うわけがない。あの一夜のことは、今でも私の宝物ですよ」

そう言って、林は静かに目を閉じた。

3

「じゃあ、オオトリで、宮田《みやた》さん、頼みます」

米倉の口調が丁寧なのは、宮田と呼ばれた初老の男性が、明らかに米倉より年上だからだろう。

「私なんか、ただ歳を食ってるだけで、大した戦歴はありませんよ」

「いえ、いえ……痴漢歴五十年の先輩には、教えていただくことがたくさんあって……ご教授すると思って、お願いいたします」

「そんなにあんたが言うなら、仕方ないな……宮田達雄《たつお》、少し前に七十二歳になった。六十までは、銀行に勤めていた」

宮田は七十過ぎとは思えない矍鑠《かくしやく》とした態度で、つづけた。

「お二人さんは、知り合いを痴漢したことをおっしゃった。だが、私は見ず知らずの女を落とすことこそが、痴漢の本道だと思っている。つまり、その瞬間、男と女は純粋に欲望だけで繋がっていて、そこには、その者の人生などは入り込む余地はない。それがいいんだ。痴漢こそは一期一会の最たるもの。せいぜい数十分の間に、出会い、拒否、受け入れ、交流、上昇、そして、別れ、といったすべてが凝縮されている」

宮田の言葉を、全員が神妙な表情で拝聴している。

「もっと端的に言おう。女で痴漢されて嬉しいという女は少ない。ほとんどがいやだと感じている。自分を貶《おとし》められたと感じる。だが、それを我々が性的なテクニックによって、打ち破っていく。女の気持ちをその身体が裏切っていく。いやなはずなのに、感じてしまう。やがて、その不条理な快感が女を情欲の坩堝《るつぼ》へと投げ込んでいく。それが、痴漢の醍醐味だ。そのとき、私は勝ったと思う。女を支配したと感じる。血湧き肉躍るとはこのことじゃないか？　どう思う、坂巻さんは？」

「……はい。わかるような気がします。女の貞節な気持ちを身体が裏切っていくという状況は確かに昂奮します。男には女性に対して、聖女幻想がありますからね」

「そうか。それがわかるなら、あんたは正統派の痴漢になれる」

宮田は満足そうにうなずいて、また、話しはじめた。

「あれは、私が一カ月後に定年退職を控えたときだったから、今から十二年前のことだった。銀行に通うために私はいつものように通勤ラッシュの電車に乗っていた。その電車はとある高校の通学時間と重なっていて、同じ制服をつけた女子高生の姿をちらほら見かけたものだ。当時から、私は痴漢はしていた。ただし、銀行員が痴漢で摘発されたりしたら、固い職業だから余計に批難される。だから、極めて慎重に打診してみて、ダメだと思ったら、無理はしなかった。さっき言った、気持ちを肉体が裏切るという説は、銀行を辞めてから、体得したものだ」

宮田はいったん言葉を切って、足を組み換えた。

「とくに女子高生からは距離を取っていたのだが、その朝に限って、女子高生の前に立ってしまった。ブレザーを着て、チェックの短いスカートを穿いていたな。昔で言うオカッパ、今のボブヘアでさらさらの髪と、くりっとした目が印象的なかわいい子だった。警戒していたのだが、電車が揺れたときに私の右足が、彼女の足の間に入り込んでしまった。その瞬間、彼女はハッとして逃れようとした。

だが、芋洗い状態で、ほとんど身動きできなかった。『申し訳ない』と、耳元で謝罪すると、彼女は小さくうなずいてくれた。いい子なんだと思ったな」

宮田は当時のことを思い出しているのか、遠いところを見ていた。

「私の右腕には、ブレザー越しに胸の弾力が伝わってきた。そして、スカートを押し退けるように入り込んだ太腿にも、彼女の柔らかいがむっちりと張りつめた内腿の若い肉感が手に取るように感じられた。きっと、電車の揺れで私の右腕と右足が微妙に刺激していたのだろう、やがて、彼女の息づかいが乱れはじめた。色の白い、ややぽっちゃり形の女子高生が、うつむいて、耳を真っ赤に染めながら、胸を弾ませているのだ。これで、昂奮しないほうがおかしいだろ?」

宮田は目を大きく剝いて、同意を求めるように、ひとりひとりを見た。

「処女だってオナニーをしてイクのだから、この女子高生だって感じるはずだ。私には彼女が羞恥に身を揉みながらも、性感を高まらせていることがわかった。相手はまだ未成年だ。汚してはいけない存在だ。わかっていた。だが、やめられなかった。私が悪いのではない、私の手が、指がいけないのだ。

私は左手で彼女を抱きかかえるように、右手をまわし込んで、尻を撫でさすった。すると、彼女は手で私を突き放そうとした。だが、膝と太腿の間でスカートの奥をぐいと擦りあげてやると、彼女は小さな悲鳴をあげ、突き放すどころか、逆にしがみついてきた。

左手でかわいい尻をさすりながら、右足でスカートの奥を擦りあげると、小柄な身体が膝の上下につれて揺れ動き、同時に小刻みに震えはじめた。

恐怖も少しはあったかもしれない。だが、彼女は明らかに感じていた。それを確かめたくなって、私は膝の代わりに右手を股間に差し込んだ。

短いスカートのなかに、もちろんパンティストッキングはつけていない。じかにパンティに触れると、そこが、湿っているのがわかった。化繊のすべすべした感触ではなく、コットンのしっとりとした柔らかな生地が、内部からにじんだオツユで湿り気を帯び、その狭間に触れると、ふにゃりと沈み込みながら、両側の陰唇が指を包み込んできた。

ふっくらとした肉土手を感じながら、谷間を擦り、そして、上の突起をかるくくすぐると、太腿に痙攣が走るのがわかった。

これほど敏感なのだから、すでに男性を知っているのかとも考えた。だが、彼女たちの通う私立高校はお嬢様が行く高校として有名であり、その子のかもしだす清楚な雰囲気からしても、バージンだろうという気がした。バージンなのに痴漢されて、ぶるぶる震えるほどに感じてしまう。そのことに、私は昂奮した。だが、私もさすがに、パンティの内側に指を突っ込むことはできなかった。だいたい指には雑菌がいっぱいついていて、こんな清楚なまだ抵抗力のなさそうな女の子のあそこにじかに指を突っ込んではいけないだろう。終点まで、私は彼女を触りつづけた。もしかしたら、彼女もオルガスムスに達したかもしれない。処女だってオナニーでイクんだから……」

そこまで言って、宮田はまた足を組み換えた。

清楚な女子高生と、定年を控えた熟年男性との組み合わせは、なぜか昂奮を誘った。四十以上の歳の差があるはずだが、それがかえっていいのかもしれない。

「翌朝も私は同じ車両に乗った。彼女は当然のことながらいないと思った。だが予想に反して、彼女はいたんだ。私は寄っていって、彼女の正面を確保した。そして、前日と同じように彼女に触れ、彼女は同じように最初はいやがったものの、やがて、受け入れてくれた。

結局、私が定年を迎えるその日まで、一カ月近く二人の関係はつづいたんだが、最終日、これでお別れという朝、私は彼女の手を取り、思い切ってズボンの股間に導いてみた。彼女は耳たぶまで真っ赤にさせながらも、おずおずと私のイチモツをさすってきた。私のそれは完全にエレクトしていたから、ズボンの上からでも勃起しているのはよくわかったはずだ。その形や硬さを確かめるような触り方を、今でも思い出す」

七十二歳の男の細い目に、昔を懐かしむようなやさしげな表情と、昂奮を示す光芒が宿っていた。

「彼女、その制服から推測すると、S女学院ですね。あの制服はいい……で、失礼なことをお尋ねするようですが、彼女とはその後、どうなりました？」

元国語教師の国枝が聞いた。女子高生と聞いて、興味が湧いたのだろう。

「それで、終わりだよ。彼女はせいぜい高校二年というところで、その電車に乗れば、会えたはずだ。しかし、私はそれをしなかった。彼女との事は、いい思い出として永久に冷凍保存しておきたかった。今、彼女も二十代後半だろうから、きっといい女になっているだろう」

「結局、その女子高生の名前もわからなかったんですね？」

国枝の言葉に、宮田がうなずいた。

「それがいいんだ。彼女の名前も高校生活も、私は知らない。ただ、この指だけが、彼女の本質を知っている。それで、いいんだよ。それこそが痴漢が痴漢たる所以だ」

宮田の言葉に、民雄はなるほどと思うところがあった。

同時に、優先席でのあの女のことを思い出していた。

自分は彼女の名前も、勤め先も、まったく知らない。だが、それゆえに、あの痴戯を純粋に感じることができた。

三人が自己紹介をかねたエピソードを語り終えたところで、米倉が提案した。

「これから坂巻さんの歓迎会もかねて、居酒屋で飲まないか？　その後、時間を見てアレをやろう」

「いいですね」

と、林が真っ先に乗って、他の二人も同意した。

「あの、アレというと？」

民雄が訊ねると、

「そのうちにわかるよ。行くぞ、坂巻さん。あんたの歓迎会なんだから」

米倉が立ちあがり、民雄も腰を浮かした。

第四章　人妻を挟んで……

1

民雄も含めた『熟年痴漢クラブ』の面々はマンションを出て、私鉄K線に乗り、上りの終点のターミナル駅で降りた。

駅の近くの居酒屋で飲み食いをして時間調整をしてから、帰宅ラッシュの頃を見計らってホームに立つ。

米倉が言っていたアレとは、痴漢のことだった。同じ車両に乗って、痴漢クラブのメンバーが痴漢を競い合おうというのだ。

事の展開があまりにも性急すぎて、民雄は辞退を申し出たものの、実践しなくても見ているだけでもいい、と言われてついてきた。

民雄には、痴漢をゲームのように行うという姿勢が、このときはまだ理解できないでいた。

五人はホームにいて、車内が混雑しはじめたのを見計らって、同じ車両に乗り込む。急行が動き出すと、四人はそれぞれが狙った女にぴたりと張りつき、思い思いに身体を触りはじめたようだ。

始発駅を出て、ひとつ目の停車駅を過ぎたあたりで、薬品会社の現役営業マンである林が、目でこっちに、と民雄を呼んだ。

林は、隣の車両との連結部のドア付近にいた。

民雄は混み合う車内を、自然さを失わぬよう不自然に映らないように人をかきわけて林の近くまで進む。

林の前には三十五、六歳の女が立っていて、林に背中を預けていた。

落ち着いたワンピースにカーディガンという格好から推して、ＯＬには見えない。奥様風にまとめた髪形や化粧の仕方を見ると、人妻が都心で行われた何らかの会に出て、その帰宅途中――というようにも見える。

派手になるのを抑えている感じだが、顔立ちはややふっくらしているものの、品があり、また妙な色気も感じられて、これで丹念に化粧をしたらきっと見違えるだろう。

女は目を閉じて、うつむいている。髪からのぞく形のいい耳たぶはすでに赤く染まっていた。

林の右手が後ろからワンピースの裾をまくりあげるようにして、太腿の奥へと伸びているのがわかった。

女は早くも林の掌中に落ちてしまったのか、抵抗せずに、身をゆだねている。

林が、民雄に女の前にまわるように目で示した。

先ほどの会合で、「もし誰かの痴漢が上手くいったら、坂巻さんも加わってくださいよ」と言われていたから、林はそれを忠実に実行しようとしているのだ。

貴重な体験談を聞かせてもらったのだから、ここで、彼の好意を踏みにじるわけにもいかないだろう。それ以上に、民雄は痴漢されて、落ちかけている女がかもしだす淫靡な雰囲気に惹きつけられてもいた。

(俺もいつの間にか、この人たちに少しずつ近づいているのかもしれない……)

民雄が女の正面に立つと、女はハッとして顔をあげた。

一瞬、助けを求めるように見開かれた瞳がやがて、快感に押し流されたのか静かに閉じていった。

民雄はその表情で、この女は他者に強く出られると拒めなくて、ずるずると許してしまうタイプなのではないかと思った。民雄が働いていた会社にもたまにそういう女がいて、押しの強い男にせまられて、結局身体を許していた。

女をサンドイッチ状態で挟む形で立っている林が、目で「やれ」とせかしてくる。

民雄は意を決して、右手をゆっくりとおろしていき、膝丈のワンピースがまとわりつく太腿を撫であげていった。

(この人も……？)

という顔で、女が民雄を見た。

痴漢はやはり後ろからするのが、正統的なのだと感じた。向かい合う形では、女の顔が見えてしまって、それがいやだ。背後から音もなく忍び寄り、女には顔が見えない状態で行い、自分の正体を明かすことなく、去っていく——それが痴漢の正しい道なのではないか？

だが、今は林さんのおこぼれをちょうだいしているのだから、そんな我儘《わがまま》を言っている場合ではない。

ワンピース越しに太腿を撫でさすると、裏地のついたワンピースがするすると肌の上をすべり、わずかに静電気が起こって、民雄はあわてて右手を引いた。

それを見てとったのか、林が声を押し殺して笑った。

もう一度、太腿を撫でようとすると、女がいやっとばかりに腰を逃がした。

だが、背後から左手で女を抱え込んでいる林に、股間を強くいじられたのか、ビクッとして身体をこわばらせる。

ためらいはある。だが、林のせっかくの行為を無にすることはできない。

(ゴメン。許してくれ……)

民雄は右手でワンピースの裾をまくりあげ、太腿の内側へとすべり込ませた。

むちっとした太腿にはパンティストッキングが張りついていた。

いったん閉じ合わされた二本の太腿が力なく開き、民雄は右手で内腿をなぞりあげていく。

と、途中で妙な感じで、パンティストッキングの感触がなくなり、じかにパンティに触れた。

(どうなっているんだ?)

太腿が露出しているわけではないので、セパレート式のストッキングとは違う。なぞってみると、パンティストッキングが妙な形で開口している。

林が女の肩越しに民雄を見て、口尻を吊りあげた。

それでわかった。パンティストッキングの股間にあたる部分が引き裂かれているのだ。林が指で破いたのに違いない。

かつて、戯れに女房のパンティストッキングを裂いたことがあって、男の力を持ってすればナイロンストッキングなど簡単に破れることはわかっている。

林の大胆さと、女がそれを受け入れたことに驚きながらも、右手で股間をまさぐってみた。

(えっ……!)

ぐっしょりと蜜を吸ったパンティが少し横にずれて、もわもわした恥毛とともに濡れた恥肉が剝き出しになっているではないか。

そして——。

そぼ濡れて、ぬるっとした陰部に触れたとき、そこに嵌まり込んでいる林の指を感じた。

林が太い中指を、後ろから女の膣に埋め込んでいたのだ。だから、女は民雄がせまっても、大した抵抗はできなかったのだ。

林はにんまりとして、さかんに顎をしゃくりあげて何をせかしてくる。

(何を求めているのだろう?)

首をひねっていると、林は声にならない声で何か言っている。口の動きから、

「指を、入れろ」

そう言っているように見えた。

そうか……。民雄は林がやりたいことを理解した。

ここは、林の期待に応えるしかない。

民雄はワンピースのなかに忍び込ませた指で、潤みを慎重に撫でさすった。陰唇が開いて、狭間が油を塗ったようにぬめる。

時々、指先が林の指に触れて、ハッとする。もちろん、ひとりの女の陰部を二人で触れるなど、初めての体験だ。

(こんなことして、ほんとうに大丈夫なんだろうか？　彼女がいきなり、叫びだしたりしないだろうか？)

不安感にとらわれながらも、林の中指の位置を意識して、その前に自分の中指を押しあてる。

女はうつむいたままで、いやがってはいない。

(大丈夫だ……)

膣口を前に引っ張るようにして、中指を上方に曲げる。指が濡れたゴムの筒を

押しひろげるようにして、体内にすべり込んでいき、

「くっ……」

と、女が顎をあげて、声を押し殺した。

膣が痙攣でも起こしたように、突き立てた指にからみついてくる。熱いと感じるほどに滾《たぎ》る膣襞が波打つようにしてうごめいている。

狭隘な肉路に違う男の中指が嵌まり込んいるのを、はっきりと感じることができる。

しかも、そのゴツい指は膣の尻側を引っ掻くようにして、ゆるやかにピストン運動しているのだ。

指を挿入したままじっとしていると、膣の内部がピクッピクッと収縮して、民雄の中指を締めつける。

内部はとろとろに蕩けているのに、まったりとからみついてくる。

そして、女は頭のてっぺんが見えるほどに深々とうつむき、そうしないと立っていられないとでもいうように、民雄の腕にしがみついたままだ。

(感じているんだ……!)

民雄のなかで、抑え込んでいたものが解き放たれた。

立てた中指で、膣の浅瀬を引っ掻くようにノックする。Gスポットと呼ばれる敏感な部分をたてつづけに指腹で擦ると、女は右手を口許に持っていき、洩れそうになる声を必死に押し殺す。

林のゴツゴツした指が、自分の指に触れているのを感じる。

狭い体内で、二人の男の中指が寄り添うようにして、とろとろに蕩けた粘膜を攪拌しているのだ。

だが、この現実をいっそう如実に感じているのは女のほうだろう。

自分の膣に二人の男の指が同時に挿入されているのだから。

「んっ……うぐっ……」

女は民雄のスーツの胸元に顔を埋めて、洩れそうになる声を必死に押し殺している。

周囲の客の目にも、三人の様子は明らかに尋常ではないと映るはずだ。熟年男性が女をサンドイッチ状態で挟み込み、女は今にも泣き出さんばかりに表情を崩しながらも、二人に身をゆだねているのだから。

車両連結器のドアは、優先席の付近にある。

優先席などまるで無関係とでもいうように、今も若い男女やサラリーマンが罪悪感など微塵《みじん》も見せずに、席に陣取っている。

優先席付近は心臓病患者のためにケータイのスイッチを切るように放送があったはずだ。だが、彼らはいさいかまわずケータイに夢中で、自分の近くでひとりの女が痴漢されていようとも、おそらく気づいてもいないし、仮に気づいたとしても我関せずの態度を取りつづけるだろう。

そのとき、女の手が民雄の股間に触れた。

意識的にやったわけではないだろう。だが、民雄はその感触をもっと欲しくなった。

先日の優先席で女に股間を刺激された記憶や、さきほど拝聴した痴漢クラブのメンバーの成功譚が民雄を大胆にさせていた。

女の手首をつかんで、引き寄せる。すると、女も完全にその気になっているのか、おずおずと股間を撫ではじめた。

最初は反応を確かめるように慎重にさすっていたが、やがて、民雄のそれがギンとしてきたことに背中を押されたのか、次第に大胆になって、猛りたっているものをズボン越しに握って、強弱をつけてしごいてくる。

ペニスが蕩けながら膨張していくような快美感がうねりあがってきた。

女の膣からは、小水を漏らしたような大量の愛蜜があふれでて、民雄の手のひらを濡らしつづけている。

痴漢クラブのメンバーの話が、民雄に一線を越えさせた。

周囲をうかがってこちらを見ている者がいないことを確認して、ズボンのファスナーをおろした。

すると、女の指が開口部からなかにすべり込み、あっと思った瞬間、女の指がブリーフのクロッチ部分を押しひろげて、内部に潜り込んできた。ヒヤッとした指の感触が肉棹にまとわりついてくる。

女は大胆にも、じかに肉棹を握ってきたのだ。

触ってほしいとは思った。だがまさか、ここまで……。

この女には満たされないものがあって、それが捌《は》け口を見つけて噴き出しているのだろう。

車内でこの姿勢では、女の指は充分に活躍することは難しい。だが、窮屈な場所で必死に勃起を擦り、指先をからませてくる女の切羽詰まった様子が、民雄を昂らせる。

女はカーディガンからのぞいた胸のふくらみを波打たせ、

「あっ……あっ……」

と、かすかな喘ぎ声を洩らしながら、豊かな乳房とその先端を民雄の腕に擦りつけている。

林の指づかいが、激しさを増すのを感じた。

手首のスナップを利かして上下にスライドさせている二本の指が、民雄の指に触れて、擦れる。

女の膣で、他の男の指を感じるのは、異常な体験だった。

そして、林に負けまいという競争心のようなものも湧いてきた。

民雄も中指に薬指を足して、二本の指をさらに奥へと突き入れ、子宮口付近をぐるっと円を描くように押しまわした。

「くっ……」

女の、低いが迫力のある呻きが洩れ、勃起を握る指に力が込められる。

民雄は奥のほうのまとわりつく粘膜を押しひろげ、それから、指腹をGスポットにあてて、強く擦る。

「あっ……あっ……あっ……」

民雄の耳元で、女は声を押し殺しながらもたてつづけに喘いだ。

内股になった膝がガクッ、ガクッと落ちて、そうしないと立っていられないとでもいうように、民雄の二の腕を痛いほどに握りしめてくる。

伏していた顔が少しずつあがりはじめた。

三日月のような眉をぎゅっとたわめ、目を閉じて、ぽってりとした肉感的な唇を半開きにしている。

民雄の肉棹をしごくこともできなくなり、ただ握ったままだ。

（イクんだな。気を遣るんだな……）

女の切羽詰まった様子が、民雄にこの女を天国へと導きたいという思いを強くさせた。

林と息を合わせて、女の体内を突き、弾き、掻き混ぜた。

グチュグチュという卑猥な音がはっきりと聞こえてきた。内部の蕩けきった粘膜が蜜をこぼしながらまとわりついてくる。

民雄がぐいっと膣奥に指を押し込んだとき、女の顔があがりきった。

仄白い喉元をさらして、「うっ」と呻いた。

その直後、女が昇りつめたときの痙攣が全身に起こり、膣内が絶頂の収縮で指を締めつけてきた。

女は美しいイキ顔をさらしたまま、じっとしていたが、やがて、全身の力が抜けたように民雄に寄りかかってきた。

まだ快楽の余韻を残した身体は、時々思い出したように震える。

やがて、電車がスピードを落とすのがわかった。停車駅が近いのだ。

背後にいた林が、女の耳元で何か囁いた。

女はいやいやをするように首を振る。だが、もう一度、林に耳打ちされて、今度はじっとうつむいたままになった。

2

間もなく到着した駅で、林は女を抱えるようにして電車から降ろした。民雄もその後を追って、ホームに降り立った。

そして、林はまるで恋人のように女の肩を抱き寄せて、人のごった返すホームを改札に向かう。

林は始終女の耳元で何か囁いている。

そして、女は足元をふらつかせながらも、いやがる素振りは見せない。

ということは、ひょっとして……。

思ってもみなかった展開に、民雄は色めき立つ。

改札を出て、駅前にあるタクシー乗場で、

「少し時間がかかるかもしれない。連絡したいところがあるなら、今のうちに連絡しておいてください」

林に言われて、女はためらっていたが、やがて、ケータイを取り出してボタンを押し、耳にあてた。

「わたしです、佐知子《さわこ》。すみません、今夜遅くなりますから……えっ、今夜は大学時代の友人と会うって言いましたよね。彼女がもっと飲みたいというから……ええ、わかっています。終電には間に合うように終わらせますから……はい、あなたも気をつけて」

佐知子と名乗った女がケータイを切った。

「ダンナさんですか？」

「……ええ、まあ」

女が曖昧《あいまい》にうなずいた。

しばらくして順番がきて、三人はタクシーに乗った。

助手席にひとり乗ればいいと思うのだが、林の指示通りに女を真ん中に挟む形で三人で、後部座席に乗り込む。林が自分のマンションの住所をドライバーに告げて、タクシーが動き出した。

「佐知子さんとおっしゃるんですか。いい名前だな」

林は言いながら、隣に座っている佐知子のワンピースが張りつく太腿を右手でさすりはじめた。

「ストーカーでもないし、あなたを脅迫しようなどと考えていませんから。これっきりで、つきまとうようなことはしないので、安心していいですからね」

民雄にも、林のしようとしていることがわかってきた。自宅マンションに連れ込んで、この女を抱こうというのだろう。

佐知子も大人しくついてくるというのは、同意しているからだ。

あらためて、左隣の女性を観察した。

人妻だとわかったせいか、妙な落ち着きを強く感じてしまう。さっきの電話から推して、夫もそれなりにきちんとした男なのだろう。

最初の印象では、三十五、六歳に見えたが、もう少し歳が行っているかもしれない。和服を着させたら似合いそうな、しっとりとした色気がある。

(どう見てもこんな大胆なことをしそうなタイプではないが……)

隣をそれとなくうかがっていると、佐知子のワンピースの裾がまくれあがっているのに気づいた。林が横から手を伸ばして、太腿を撫でさすっているのだ。林は自分は何もしていませんよ、という顔を前に向けながらも、右手を太腿の奥に差し込んでいる。

そして、佐知子は前方の運転手を気にしながらも、それを拒もうとはしないでむしろ、林に身を預けて触りやすいようにしている。

やがて、佐知子の気配が変わった。

腰をもどかしそうにくねらせて、「あっ、うっ」と洩れそうになる声を手の甲を嚙んで、必死に押し殺している。

(運転手に聞こえているんじゃないか?)

前をうかがうと、中年の運転手は幸いにも、我関せずの態度を取りつづけている。

視線を戻すと、佐知子が林の股間に顔を埋めていた。

いつの間にそうしたのか、林のペニスが剝き出しになっていて、それを佐知子が咥《くわ》え込んでいるのだ。

運転手のことを気にしてか、顔を上下動させることはしないが、なかで舌をからませているのがわかる。

信じられなかった。ついさっきまでは、赤の他人だったのに、今は恋人でもなかなかできないことを平気でしている。いや、二人の間に強い特別な関係がないからこそ、こんな恥知らずなことができるのかもしれない。

やがて、ジュブッ、ジュブッという淫靡な唾液の音とともに、佐知子の顔が上下に動きはじめた。

タクシーの薄暗がりのなかで、黒髪が縦に動き、大きなヒップが民雄に向かって突き出されている。ワンピースの裾がずりあがっているので、ほぼ円形に引き裂かれたパンティストッキングの開口部から、双臀とその狭間がのぞいていた。

パンティが横に大きくずれて、唇を横にしたような陰唇が濡れているのを見たとき、民雄のなかで自制心が壊れた。

右手を伸ばして、女の亀裂に触れた。

そこは蜜を塗りたくったようにぬるぬるで、ちょっと力を込めただけで、二本の指がぬかるみに呑み込まれていく。

「くっ……」

肉棹を頬張ったまま、佐知子が低く呻いた。

ハッとして前を見た。ドライバーには絶対に聞こえているはずだ。だが、彼は白手袋の指でハンドルをかるく叩いただけで、シカトしている。

(大丈夫だ。見て見ぬふりをしてくれているんだ)

民雄はとろとろに溶けた蜜壺を、二本の指で攪拌した。

ぐちゃぐちゃといやらしい音がして、佐知子はもっと欲しいとでも言いたげに腰をくねらせ、湧きあがる快感をぶつけるように顔を上下に振って、林を追い込もうとする。そのとき、

「あ、運転手さん。そこのコンビニ、右に曲がって……」

林が道安内をする。

「左手に、美容院があるでしょ。その三件向こうのマンションだから」

目的地間近であることがわかり、民雄は膣から指を抜く。

佐知子も股間から顔をあげて、乱れた髪をととのえる。

自分の指を見ると、中指と薬指に葛湯《くずゆ》のような粘液が付着していて、それが薄暗がりのなかでぬらりと光った。

3

足元の覚束《おぼつか》ない佐知子を二人で抱えるようにして、マンションの部屋に入って

いく。

林は薬品会社のプロパーであり、いまだ独身だから、金銭的余裕があるのだろう。２ＬＤＫの広々とした部屋だった。だが、家財道具は必要最少限のものしか置いてなくて、どこか殺伐とした雰囲気がただよっている。

先頭に立った林が、リビングを通過し、寝室のドアを開いて、思わぬことを言った。

「ここは坂巻さんに任せるから」

「はっ……？」

「だから、していいよ。坂巻さん、入会するんだろ？　御祝儀だよ」

「いや、でも、林さんが……」

「ほんとうにいいんだって。俺は居間で休んでいるから。坂巻さんがやって、それでもまだ彼女がしたいって言うなら、俺もするから。じゃあ、佐知子さんも愉しんで。ここまで来たんだ。愉しまなきゃ損だ……さあ、入った、入った」

林は二人を強引に寝室に押し込み、

「もたもたしてると、彼女もやる気をなくしちゃうから。くだらない話なんかしてないで、即やんなよ。余計なお世話だけど」

そう言って、ドアを閉めた。

「いや、困ったな……」

「いいのよ。あの人は正しいわ。ここを……」

佐知子は民雄の手を取り、ワンピースの裾のなかに導いた。

太腿の奥は蜂蜜を塗りたくったようにぬらつき、蛞蝓《なめくじ》が這った跡のように一筋の蜜が太腿の内側を伝い流れていた。

「あなたの指が欲しいわ。二本じゃ物足りない」

佐知子が潤みきった目を向けて、ねだってくる。

「つまり、指三本入れてほしいってこと？」

「ええ……ただし、痴漢をするみたいにやって」

「痴漢されると、感じるんだね？」

佐知子が恥ずかしそうにうなずいた。

民雄は佐知子を壁際に立たせ、中指の裏側に薬指に人差し指を添えて三角形にし、濡れ溝の中心に押しあてる。

女のとば口がひろがった。さらに力を込めると、ひとつにまとまった指たちが膣壁をゴムのように伸ばして、内部へと潜り込み、

「あうぅっ……！」

佐知子が大きく顔をのけぞらせた。

民雄はその腰を抱え込むようにして、下から押し込んだ指をスライドさせる。

すると、粘膜がからみつきながらひろがって、同時に、素晴らしい緊縮力で肉棒と化した指を締めつけてくる。

「ああ、気持ちいい……」

佐知子はしがみつきながら、民雄の耳に熱い吐息を吹きかけ、舐めてくる。

生温い唾液を乗せたなめらかな舌が、耳殻をなぞり、喘ぐような吐息とともに舌が耳殻を這うざらさらという音が聞こえた。

民雄が激しく指を叩き込むと、

「いい……いいの。おかしくなる。おかしくなる」

佐知子は耳元でさしせまった声をあげ、

「あっ……ぁあぁぁあうぅ……たまらない。たまらない」

両手を民雄の首の後ろにまわして抱きつき、自ら腰を揺らして、膣の感じるポイントに指をあてようとする。

「ああ、もう我慢できない。これが、欲しい」

佐知子は右手をおろして、ズボンのファスナーを引きさげた。

開口部から忍び込んだ手が、ブリーフのなかの肉棹を引っ張り出す。

血管の浮き出た肉の棹が、恥ずかしいほどに臍に向かっていきりたっていた。

佐知子は身体を密着させたまま、右手で肉の塔を逆手に握って、ゆったりと擦る。裏筋に四本の指がまとわりつき、それがひどく心地よい。

しごかれるたびに、包皮が亀頭のくびれを擦って、甘い陶酔感がひろがってくる。

「ここまではさっき電車でしたでしょ。ほんとうはこうしたかったのよ」

佐知子の身体が沈んだ。

前にしゃがみ、猛りたつものに一気に唇をかぶせてくる。

温かくなめらかな口腔《こうこう》で男性器官を包み込まれる心地よさに、震えが来た。

フェラチオされたのは、ほんとうにひさしぶりだった。いつ以来か、思い出せない。

しかも、相手はつい一時間ほど前に電車で出会ったばかりの女だ。

この急激な展開を夢のなかの出来事のように感じてしまう。

そして、佐知子はこらえていたものを一気に吐き出すように、勢いよく唇をすべらせる。

視線を感じたのか、佐知子が肉棹を咥えたまま上目遣いで見あげてきた。

その状態でジュブッ、ジュブッと大きく顔を振って、唇でしごきあげてくる。咥えるためにやや尖った口許が卑猥だった。薄くルージュの引かれた唇が形を変えながら、勃起の表面に沿ってすべっている。

佐知子はいったん吐き出して、鋭角にそそりたつ肉棹の裏筋を舐めてきた。根元からツーッと舌でなぞりあげられると、震えが来るような快感が、尾てい骨から背骨にかけて這いあがってくる。

佐知子は何度も裏筋を舐めあげると、根元を右手で握って、きゅっ、きゅっとしごきながら、先端の割れ目にキスをする。

窄《すぼ》めた唇をついばむように尿道口に押しあて、それから、舌先で割れ目を器用にくすぐってくる。浮き出た先走りの液をすくいとり、なすりつけ、唇をひろげて亀頭全体を頬張った。

亀頭の出っ張りを唇と舌で往復させながら、握り込んだ肉棹の根元を同じリズムでゆったりとしごきあげてくる。

「おおぅぅ……」

うねりあがる快美感に、思わず呻いていた。

気持ち良すぎた。

フェラチオとはこんなにも快感をもたらすものだったのか……。

甘い陶酔感がやがて、ジンとした痺れに変わり、民雄はそれを女の体内に入れたくなっていた。

4

佐知子を立たせて、カーディガンを脱がせた。

猛りたつ分身が、これまで指でしか味わっていなかった熱い滾りのなかに入りたがっている。

佐知子を窓際に立たせ、右手ですらりとした左足を持ちあげた。

ワンピースがたくしあがって、透過性の強い肌色のパンティストッキングに包まれた足があらわになる。

引き裂かれて開口した箇所から、紺色で白いレースのついたパンティがのぞいていた。陰唇に食い込んで変色している基底部を左手で横にずらすと、陰毛とともに肉びらがこぼれでた。

対になった陰唇の狭間に切っ先を押しつけて、さぐった。

潤みきった肉庭の下のほうに、窪みがひくついている。腰を落として切っ先で狙いをつけて、慎重に突きあげていく。

ぬるっとすべって、切っ先が弾かれた。

もう一度、今度は肉棹を手で導き、窪みに押しあてて、感触を確かめながら腰を入れる。

先端がとば口をとらえ、そのまま斜め上方に向かって、熱い滾りに道をつけていく確かな手応えを感じた。

奥までえぐりたてると、

「はうっ……！」

佐知子は大きく顔をのけぞらせた。

後頭部が壁にあたる音がしたが、佐知子はその痛みさえ感じないのか、顎を突きあげながら、持ちあげた足を腰にからませてくる。

明らかに体温より熱い膣内が、屹立《きつりつ》を歓迎するかのようにひくひくとうごめいて、いきりたった肉棹にからみついてくる。

（ああ、これが……）

忘れていたものを思い出していた。

もう何年も、女のなかに分身を挿入していなかった。それが、こんな形で実現するとは……。

下半身の欲望にせかされるように、硬直で体内を突きあげていた。

正面からの立位は、接合が解けやすいものだが、佐知子は上付きなのだろう、硬直がみっちりと嵌まり込む感じがある。

右手で膝を持ちあげ、突きあげるように腰をつかうと、佐知子は肩に手を置いて自分を支えながら、

「あんっ、あんっ、あんっ……いい。いいの。あそこが痺れてる」

首から上を大きくのけぞらせる。

「いいのか、そんなに、いいのか?」

「ええ、いいの。いいのよ」

女体を見たくなって、民雄は背中のファスナーをおろし、ワンピースを剝いていく。

ブラジャー付きのワンピースなのだろう、胸元がさがるにつれて、ぶるんっと乳房がまろびでてきた。

丸々としてたわわなお椀形をした双乳が完全にあらわになる。

硬貨大の乳暈《にゅううん》は薄褐色に粒立って、そこからまだ赤さを残した乳首がせりだしていた。

乳首は赤子に吸われると、形や硬さに多少の跡が残るものだが、目の前の乳首は清新なままだ。さっきの電話を聞いたときにもそう思ったのだが、やはり、佐和子に子供はいないのだろう。

腕の途中までさがったワンピースが両腕を拘束する形になり、佐知子は両手の自由を奪われて、不安そうな目を向けてくる。

民雄はうつむいて、乳房の頂上を口に含み、チューッと吸った。

「ぁああんん……」

佐知子が喘いで、腰を揺らめかせた。

今度は舌をいっぱいに出して、乳首を舐め、上下左右に弾くと、

「ああぁ、それ……感じる。たまらない」

感極まった声をあげて、佐知子はもどかしげに下腹部をせりあげる。

たっぷりとした肉をたたえた豊乳を変形するほど揉みあげておいて、下からズンッと突きあげてやる。

「はん……」

両腕をワンピースで拘束された姿勢で、佐知子は顔をのけぞらせる。肩のところで切り揃えられた髪は乱れ，ほつれ、ほっそりとした首すじから顎にかけての肌に朱が散っている。

女の色気をむんむんとあふれさせた姿に、民雄も男としての本能をかきたてられていた。

いったん接合を外して、ふらふらの佐知子をベッドにあげて、その端で這わせた。佐知子は腕をつかえないので、顔の片側をベッドについて体重を支えている。

ワンピースをまくりあげると、パンティストッキングの破れ目から、パンティが陰唇の狭間に食い込んでいるのが見えた。

パンティの基底部をつかんで引きあげながら左右に振ると、褌《ふんどし》のように細くなった基底部が肉びらの谷間に深く食い込んで、ネチッ、ネチッと音がする。

「ああ、いや…」

「この音か？　恥ずかしい？」

「ええ……」

心の底からの声をあげて、佐知子は尻をくなり、くなりと揺らめかせる。

「ねえ……」

「何？」

「ねえ……」

「何だ、と聞いているんだ」

「……わかって」

「わからないから、聞いているんだ」

「……して」

ぼそりと言って、佐知子は顔を伏せる。

「いやだと言ったら？」

佐知子は困ったような顔をして、とまどっている。

「嘘だよ。したくてたまらない……こんなになったのは、ほんとうにひさしぶりだ」

民雄は床に立ったまま、佐知子をベッドのエッジまで引き寄せる。

佐知子に足を開かせて姿勢を低くさせ、パンティのクロッチを横にずらし、切っ先を押しあてた。

腰を引き寄せながら下腹部を突き出すと、分身が粘膜の坩堝《るつぼ》に嵌まり込んでいき、

「あうっ……」

佐知子が低く呻いた。

蜜を吐き出しつづけている肉路が、もうイキたくて仕方ないといった様子で、肉棹をうごめきながら包み込んでくる。

自分は今、初めての目眩くような体験をしている。

さっき電車で会ったばかりの女と身体を合わせ、これまで味わったことのない新鮮な昂揚を覚えている。

湧きあがる気持ちをぶつけるように腰を叩きつけると、

「あんっ、あんっ、あんっ……いい。おかしくなる。おかしい……」

佐知子は脱ぐ途中のワンピースを身体にまといつかせて、顔の側面をベッドにつけた状態で、さしせまった声を放った。

ズンッと打ち込むたびに、民雄のほうも快感が加速度的に増していく。

六十歳を過ぎてから、自慰をしてもなかなか射精しなくなっていた。なのに今は、少しでも気を許せば、放出してしまいそうだ。

体内に精気が漲り、精液がすぐそこまであがってきている。その状態が、民雄にはうれしい。

精液が上昇しつつある甘い感覚のなかで、思い切り腰を叩きつけると、

「ぁあぁぁぁ、いい……いい。壊して。佐知子を壊して」

佐知子が訴えてくる。

「そうら、壊してやる。痴漢と寝るような悪い女はこうしてやる」

普段は絶対に口に出せない言葉を吐き、民雄はたてつづけにえぐりたてる。

奥のほうの粘膜が、亀頭のくびれにみっちりとからみつき、それを撥ねつける
ように分身を行き来させると、甘い疼《うず》きが一気にひろがった。

「おおぅ、イキそうだ」

「ああ、今よ。ちょうだい。今よ……」

「おおぅぅ、イケ」

民雄は尻肉をつかみ寄せ、両足を踏ん張って腰を叩きつけた。

「イク……イク、イク、イッちゃう」

「そうら、出すぞ」

今だとばかりに奥まで押し込んだとき、

「くうぅぅぅ……はう！」

佐知子は絶頂の声をあげて、背中をしならせる。

駄目押しとばかりにもう一太刀浴びせた直後に、民雄もしぶかせていた。脳天が痺れるような強烈な射精感が響きわたり、民雄は放出の悦びに酔いしれながら、下腹部を突き出しつづける。

出し尽くして、余韻を味わっていると、佐知子は身体を支えていられなくなったのか、どっと前に突っ伏していった。

接合が外れ、民雄もすぐ横に倒れ込んだ。

していたときは夢中で気づかなかったが、かなり無理をしているのだろう。心臓がドクッ、ドクッと強い鼓動を刻み、その動悸が聞こえてくる。

はあはあという荒い息づかいがちっともおさまらない。

ベッドに大の字になっていると、ドアが開いて、林が顔を覗かせた。

「終わったみたいだな……俺の出番は……ないようだな。二人ともゆっくりしていったらいい」

ドアが閉まる音がした。

第五章　二度目の行為

1

民雄のなかで、変化が起きつつあった。

これまでは、朝は起きられるときに起きるという自堕落な生活を送ってきたのだが、最近は決まった時間にきちんと起きる。

ドリップで一日分のコーヒーを淹《い》れ、食パンにチーズを載せてかるくレンジにかけてチーズを蕩けさせ、レタスをふんだんに使ったサラダを作り、簡単な朝食を摂《と》る。

歯を磨き、顔を洗って、身なりをととのえると、最寄り駅であるM駅までの十分間を散歩代わりに歩き、そして、上りの電車に乗る。

痴漢を働き——と言っても、ほとんどが痴漢までいたらないもので、かるく女の尻に手の甲で触る程度だが——終点のターミナル駅であるS駅まで行き、そこから今度は下り電車に乗って、M駅まで戻ってくる。米倉に学んだやり方だが、その約一時間が朝の日課となっている。

客観的に考えれば、用もないのに朝の通勤ラッシュで混み合う電車に乗ることは、かなり異常なことに違いない。

だが、その習慣が民雄にとってはいい刺激となり、日常が活性化してきたことは確かなのだ。

以前から、地元の環境保全のためのNPO法人を手伝ってくれるように頼まれていた。これまでは断わっていた。だが、今度声がかかったら、顔を出してみようと思う。そう、なにかにつけて積極的になったのである。

その朝は寝坊をして、いつもより十五分遅いM駅午前八時二十分発の急行に乗ったのだが、それがあの幸運を引き寄せることになるとは……。

民雄はM駅から電車に乗り込んで、電車のドア付近に立っていた。まだあまり混んでいなくて、とても積極的に動くことはできなかった。

林などは、若干空いているほうがかえって痴漢しやすいし、逃げ場があるから安全なのだという。だが、今の民雄には、空いている電車で女に触る勇気はとてもない。

この女はＯＬで、年齢から推してお局さまの類だろうか？　あの女は気が弱そうだから、大胆に攻めれば意外に簡単に落ちるのではないか……。

などと、車内を観察しているうちに、ひとつ目の停車駅で急行が停まり、民雄がいるほうのドアが開いた。

これまでの経験で、ドア付近が女の逃げ場がなくて痴漢がしやすい、とわかっていたから、民雄は乗車客の群になかに押し込まれないように足を踏ん張っていた。

最後に乗り込んできた女を見て、あっと思った。

「ハルカ」だった。

優先席で、民雄の指で昇りつめた女――そして彼を痴漢の道へと走らせるきっかけになった女――が、スーツ姿で駆け込み乗車をして、ドアのほうに身体を向けた。

心臓がドクン、ドクッと強い鼓動を打った。

この駅で乗り降りするのはわかっていたし、いつかまた再会できたら、と願っていた。けれど、これだけ会えなかったのだから、と諦めてもいた。その彼女と、いつもの電車に乗り遅れたがために、再会できたのだ。

ハルカはあのとき、確かに民雄の顔を見たから、自分を覚えているかもしれない。だが、今、女はすぐにドアのほうを向いたので、多分、民雄には気づいていないだろう。女はショルダーバッグを大切そうに胸前に抱えて、車窓から外の景色に目をやっている。

(どうしよう?)

あれ以来、ベッドで自慰をするときはたいがいハルカのことを想像していた。そのせいもあるのか、股間が妙な具合に疼きはじめた。右手の中指も彼女の膣の滾りを思い出して、動きたそうだ。

(これも、運命だ。せっかく神様が与えてくれたチャンスをみすみす逃してはいけない)

民雄はわずかな距離を詰めていき、女の背後にぴたりと張りついた。

(ああ、この香りだ……)

肩のところで切り揃えられた女の漆黒の髪から、あのとき嗅いだフローラルなリンスの香りが立ち昇って、それが悩ましい記憶をいっそう強く呼び覚ます。

『熟年痴漢クラブ』で様々なことを体験し、ついには、佐知子という人妻を抱かせてもらった。だが、ハルカとの体験は民雄には特別なものだった。

電車が揺れるたびに、ズボンの股間が尻のふくらみに触れて、そこが少しずつ力を漲らせる気配がある。

ハルカには股間のこわばりが尻にあたっている感触くらいはあるだろう。

だが、たとえ痴漢でなくとも、この程度は満員電車では日常茶飯事という気持ちがあるのか、もじもじしているものの強く腰を逃がすようなことはしない。

痴漢をする前に感じるあの耳鳴りがまたしてきた。

これが聞こえると、理性が押し流されてしまう。手が勝手に動いてしまう。

民雄は右手をそろそろと尻たぶに押しあてた。まだ、手の甲で触れている。

この段階で女がいやがるようでは、まず見込みがないということが、これまでの体験でわかってきた。だが、ハルカは拒むような所作は見せない。

あのとき、この女は痴漢を許した。だが、眠っていた。夢のなかで、痴漢されていたようなものだ。今、彼女は完璧に目覚めている。この状態で、痴漢を受け入れてくれるのだろうか？

手のひらにじっとりと汗がにじんできた。

頭がおかしくなるような緊張感と不安のなかで、静かに手を返して、手のひらを尻に押しあてた。

ベージュのボックススカートの張りつめた布地の感触とともに、尻のぷりっとした弾力が伝わってくる。

ここまでしたら、もう言い訳はできない。

手がかすかに震えているのがわかる。

全身から脂汗が噴き出し、膝ががくがくしてきた。

尻たぶのゆるやかな曲線が、民雄に次の行為を促《うなが》した。

そろり、そろりと手をすべらせた。尻を撫でながら、ハルカの気配に全神経を集中させる。

尻がこわばり、次の瞬間、ハルカがこちらを振り返った。

(あっ……！)

やさしくウエーブして肩にかかる髪に包まれた、穏やかでやさしげな顔が目の前にクローズアップされる。

目は？　人の気持ちは目に出る。

憤りとも怯《おび》えともつかない感情をたたえた瞳が、ハッとしたように大きく見開かれた。おそらく、目の前の男が、優先席で痴漢してきた同一人物であるとわかったのだろう。

民雄は観念して、目をつむった。

だが、何も起こらない。

おずおずと目を開けると、ハルカはドアのほうに向き直っていた。しかも、さっきと同じ状態で、手の張りついた尻を逃がそうとはしていない。

(どういうことだ……いいのか？　許してくれたのか？)

はっきりとした判断はくだせない。だが、いやがっているようにも見えない。

(いいのか？　いいんだな)

民雄は右手で、片方の尻たぶを円を描くように撫でさすってみた。

女はうつむいて、ドアのガラス窓についた右手の指に力を込める。

さするたびに、尻たぶがきゅっと締まったり、ゆるんだりする。

それをどう受け取っていいのかまだ判断できないまま、しかし、右手はゆるゆるとさがっていく。

スカートの裾のなかに手を忍ばせて、徐々にあげていくと、スカートもたくしあがってくる。

スカートのなかは熱気を含んだ空気を孕《はら》んでいて、ストッキングのすべすべした感触が途切れ、代わりに肌の温かみが感じられる。

この前もそうだった。ハルカは太腿までのセパレート式のストッキングを穿くのが習慣になっているのだろう。

ストッキングの切れ目からパンティまでの短い距離に、ハルカの素肌がしっとりと息づいていて、肌はなめらかだが汗をにじませている。

手を這わせていくと、太腿がぎゅうと締まって手の動きを阻んだ。

片足を微妙に前に出して交差させる格好で、右手を締めつけてくる。

時々、いっそう力を込めて尻を突き出してくるので、尻が民雄の手を揉み込むような形になる。まるで小水を我慢してもじもじしているような所作と、手に感じる弾力が、民雄の理性をいっそう奪っていく。

ふっと太腿の力がゆるんだ。

そして、ハルカは足をほぼ肩幅に開き、じっとうつむいたままになった。

（いいんだな……）

金縛りになりそうな手を懸命に動かして、右手の指を股間の底に押しあてた。

ビクッと、ハルカが震えた。だが、足はひろがったままだ。

確信を込めて太腿の狭間をおずおずとさする。

すべすべの薄いパンティである。柔らかい肉裂の感触とともに、わずかに突出した陰唇の形までも、如実に指先に伝わってくる。

もっと感触を味わいたくなって力を込めると、女の尻が横にずれた。

追っていくと、今度は反対側に逃げた。

いったん許したものの、ここまで来て怯えたのだろうか？　それとも、はしたない女と思われたくないための形ばかりの抗いなのだろうか？　だが、その抵抗がかえって男の欲望を駆り立てていることに、気づいていない。

執拗に基底部をなぞりつづけているうちに、ハルカは完全に動きを止めて、足を開いたまま深々とうつむいた。

パンティの二重になった船底から、さっきは感じられなかった潤みがたっぷりとにじみだしていた。

中指を立て気味にしてさすると、ぐにゃりと沈み込む感触があり、

「んっ……！」

女が聞こえるかどうかの小さな声をあげて、尻をビクッとこわばらせた。

感じているのだ。

優先席でのときもそうだった。ハルカは自分の指で気を遣った。今も、民雄があのときの痴漢だとわかっているはずなのに、身を任せている。

周囲を見ても、こちらを気にしている者はいない。いや、当然、視野の片隅には入っているだろうが、痴漢行為を責めようという勇気のある者はいないということだ。

民雄はハルカとの再会に何か運命的なものを感じていた。そして、このチャンスを逃してはいけない、という気持ちに背中を押されていた。

右手で股間に触れたまま、左手をそろそろとあげて、女の腋の下から胸へとまわし込んだ。

ショルダーバッグを押し退けるようにして、ジャケットの襟元から手をすべり込ませる。ブラウスのボタンに指をかけて、上から二つ外す。

その間、女はとまどいを隠せない様子で、時々、民雄の指に手をかけてやめさせようとする。だが、本気でないことはその所作と力の入れようでわかる。

はだけたブラウスの襟元から左手を差し込んだ。

すぐのところに、ブラジャーに包まれた右の乳房があって、そこをつかむと、

「いやっ」というように、ハルカがその手を上から押さえ込んでくる。

かまわず揉み込んだ。

ブラジャー越しに乳房を強弱つけて圧迫しながら、右手ではパンティの股間をなぞりつづけた。

電車が建物の陰に入ると、ドアのガラス窓に、ハルカが泣き出さんばかりに眉根を寄せてうつむいている顔が、飛び去る景色に重なって映る。

スカートのまくれあがった尻が、もっと触ってほしいとばかりに微妙に後ろに突き出され、左右にくねっている。

ハルカがそんな自分が恥ずかしくてたまらないといったふうに唇を噛んで、身悶えをする姿が車窓に時々、映り込む。

いつの間にか民雄のなかでも、ここが車内であり、周囲には乗客がいるという意識が薄らいでいた。いや、心の底には居すわっていて、完全に消えることはない。そういう緊張感があるからこそ、いっそう昂るのかもしれなかった。

左手をブラジャーの上端からすべり込ませると、指先に、汗ばんだ柔らかな乳房とともに中心のしこっている突起を感じた。

周囲のふくらみが柔軟であるがゆえに、突起の硬さをいっそう感じてしまう。尖っているところに上から指腹をあてて、押しまわした。

ブラジャーのなかで、乳首がむにゅうっと潰れて、

「あっ、うぅぅっ……」

ハルカは右手を口許に持っていって、声を押し殺した。

民雄は乳首を指腹で挟んで、右に左に転がしながら、右手でパンティを横にずらす。

こぼれでてきた女の肉はすでにぬるっとして、その内側に指を走らせると、蜂蜜を塗りたくったような肉びらが指にまとわりついてくる。

「入れるよ」

髪に隠れた耳元で囁いた。

ハルカは答えない。

それを承諾と受け取って、民雄は右手の中指と薬指をまとめて力を込める。

ぬるりと嵌まり込んでいき、

「あっ……」

ハルカが掠《かす》れた声をあげて、顎をせりあげた。

滾った溶鉱炉みたいな肉路が二本の指を根元まで呑み込み、ひくひくと震えながら包み込んでくる。

（ああ、この前もこうだった……）

優先席で、ハルカはこうやって肉路をうごめかし、そして、昇りつめたのだ。

当時の記憶が一気によみがえり、股間のものが力を漲らせる。

ハルカと繋がりたいと感じた。名前も生い立ちも職業も年齢さえもはっきりとはわからない。だが、この女なら、という直感のようなものがある。

だが、電車のなかでは挿入行為などできない。

民雄は指先に神経を集め、女の肉体を味わう。

いっそうしこってきた乳首をこねまわし、二本指を立てるようにして、女の体内を感じようとする。

ハルカの方も目を閉じ、完全に身をゆだねて、もたらされる感覚に陶酔しているように見える。

うつむいて顔を隠しているが、指が敏感な箇所に触れると、「あっ」とか細い声をあげ、顎をせりあげる。

さらさらの黒髪がほつれつく首すじは朱を刷《は》いたように染まり、胸元からのぞく色白の肌もぽーっと赤くなっていた。

そして、指の動きに翻弄されるように、ガクッ、ガクッと膝を落とし、内股になり、尻をもっと触ってとばかりに突き出してくる。

優先席での出来事を除いて、単独で痴漢をして、女をここまで追い込んだのは初めてだった。

体が尋常でない昂奮で震えている。

峻烈な快感が指の先から発して、ペニスへと流れ込み、爪先や頭の天辺まで痺れたようになっている。

「うっ……くっ……」

ハルカは必死に声を押し殺しながらも、身を預けてくる。全身の震えが大きくなっているのを察して、民雄は指の向きを変え、膣の前面を叩いてやる。

Gスポットのあるほうで、こっちのほうが女は感じるはずだ。

「くっ……ダメッ」

ハルカが低く言って、いやいやをするように首を振った。

感じてしまって、これ以上高まるのが怖いのだろう。

(イカせたい。この前のように)

民雄はその一心で、乳首を素早く左右にねじり、膣の前面を短いストロークで擦りつづけた。

どろどろに蕩けた内部がまるでローラーでも潜んでいるように波打ちながら盛りあがり、あふれだした大量の蜜が指の根元にまで伝ってくる。

身体の震えが痙攣に変わり、ハルカの顔があがりはじめた。

(イクんだな。イッていいぞ)

膣前面を引っ掻くようにして連続して擦りあげ、乳首を強く転がすと、

「くっ……」

ハルカの顎がスローモーションフィルムでも見ているように、のけぞりかえった。

民雄の指にも、オルガスムスを迎えた膣の収縮が伝わってくる。

イッた後も、女の体内は温かく指を包み込んでいる。

抜く気にはならずに、民雄はしばらくこの状態を味わった。

ハルカは絶頂の余韻が残っているのか、時々、かるく震えながら、民雄に身をゆだねている。

いまだ女の本名を知らないし、何もわかってはいない。だが、今二人は身も心も痺れるような陶酔感のなかで、蕩けるような瞬間を共有している、民雄にはそう確信できる瞬間だ。

2

二人を乗せた電車が急激にスピードを落とした。

急行が停車駅に着くのだ。

そして、開くのはこちら側のドアだ。

ハルカもそれをわかっているはずなのに、自分から動こうとはしない。

いまだ残っている絶頂感が、ハルカの身体を金縛りにしているのだろうか。だとしたら、それほどまでに深いエクスタシーに達したハルカに、民雄は強い愛情のようなものを感じた。

民雄としても、このまま指で彼女の体内と繋がっていたい。

だが、ドアが開けば、客の乗り降りがある。この状態で、それを乗り切るのは無理だ。

民雄は膣から指を抜いて、胸元からも手を外す。

それを待っていたかのように電車がゆっくりと停まった。

ドアが開いた瞬間、ハルカがふらっとして倒れそうになった。つっかえ棒を失ったように前のめりになった彼女を転ばないように後ろから抱えながら、電車から降りた。

ホームに降り立っても、ふらふらしている女をホームのベンチに座らせた。その間にも、客が降り、並んでいた客が乗り込んで、急行は銀色の車体を朝の光で反射させて、ホームを離れる。

ハルカはうつむいて、両手を膝についてじっとしていた。その傍らで、心配げに覗き込む熟年男を、ホームの人々が「どうしたんだろう？」という顔で見ては通り過ぎていく。自分が招いた事実とはいえ、正直なところ民雄にもどう対処していいのかわからなかった。

ハルカがこちらに、黒目勝ちの大きな瞳を向けて、言った。

「すみません、ご面倒をかけてしまって……」

低く呟くような口調だったが、その濡れたようなアルトの声をひどく色っぽく感じた。

「いや、迷惑だなんて……謝らなくてはいけないのは、こちらだから」

「あの……この前、優先席でお会いした方ですよね」

そう聞く女の瞳は泣いた後のように濡れている。

やはり、特定されていたのだ。それをわかっていて痴漢を許したのだ。

「ああ……申し訳ない」

「謝るなら、しなきゃいいのに」

「すまない。もう、しないから」

言うと、女はちょっと複雑な表情をした。

沈黙がつづき、民雄は心配になって聞いた。

「そろそろ電車に乗らなくていいのかい？　会社とかに遅れるだろ？」

「わかっています。あなたは？」

「私は……」

このままS駅まで行くか、ここでUターンするか迷っていた。

「あの……どこかに通っていらっしゃるんですか？」

「どうして、そんなことを訊くの？」

「あ、いえ。お答えにならなくても、いいんです。気になったから」

二度も痴漢をしたのだから、自分を特定されるような事実は教えないほうがいい。だが、心のどこかで自分のことを知ってほしい、同時に彼女をもっと知りたいという気持ちがあった。

「もう退職して、会社には通っていないんだ。だから、あなたに二度会ったのは偶然というか……」

「……じゃあ、明日はさっきの電車にはお乗りにならないんですね」

痴漢目当てに毎朝満員電車に乗っているなど、とても言えなかった。

「ああ」とうなずくと、ハルカの顔に落胆の色が走ったような気がした。

しばらくして、上りの普通電車が入線してきた。

ハルカは立ちあがり、民雄を見て言った。

「乗りますよ」

言葉の意味を判じかねていた。痴漢をしてもいいということなのだろうか？

それとも、ただ一緒に乗るだけなのだろうか？

普通電車が停まり、乗客がぽろぽろと吐き出され、その数倍の客が乗り込む。

二人もその最後尾について、ドアからすし詰め状態の車両へと突入していく。

近いほうのドア付近で、二人は向かい合う形になった。

ハルカがドアに背中をつけて車内のほうを向き、民雄はドアのほうを向いていた。この混雑では、どうしても二人は密着してしまう。

ハルカのほうが少し背が低い。

民雄の顔は女の肩の上にある。すぐ横に女の頭があり、さらさらの髪が触れて心地よい。

電車が速度を増しても、民雄は迷っていた。

痴漢を働いた女と会話をしたというだけでも、信じられないことなのに、ハルカの言葉からは、痴漢をいやがっているような気配は感じられなかった。

だから、いいのだろうか？　しかし、面と向かって会話をかわしてしまうと、以前のようにまったくの他人としては考えられず、なかなか手が出ない。

終点まで、この普通電車では約十分。その間、こちらのドアが開くことはないので、痴漢をするには都合がいいのだが……。

迷っているとき、下腹部に何かが触れるのを感じた。

ハッとして見ると、ハルカの右手がズボンの股間に添えられていた。

そして、その指がゆっくりと動きはじめた。ズボン越しに、民雄のイチモツをおずおずとさすっているのだ。

エッという驚愕が、この女はもしかして……という確信に変わっていった。

同時に、股間のものが急速に硬くなっていくのがわかる。

先ほどの痴漢で、ハルカが気を遣ったときの昂奮の記憶が蓄えられていて、わずかな刺激でも分身は一気に力を漲らせてしまう。

ほっそりしているがしなやかな女の何本かの指が、ズボンを突きあげた肉棹を逆手で握りしめ、先っぽのほうを何度も往復する。

その手が降りていき、今度は睾丸からまっすぐ上に向かって這いあがり、また降りていく。

すると、分身が張ち切れんばかりに怒張して、いっそう硬くなった肉の棹を、強く擦ってきた。

耳元に感じるハルカの息づかいが乱れはじめていた。

せわしない呼吸が耳元で甘く響き、熱い息が耳にかかる。

ハルカはしごきながら、昂っているのだ。

一見穏やかでやさしげな女が、車中という衆人環視のもとで、熟年男性のイチモツを握りしごいている——。

体の中心に、女の腕の上下動が感じられる。胸が激しく波打ち、喘ぐような息づかいが次第に荒くなっていく。

このままじっとしているわけにはいかなかった。

民雄は右手でハルカの腰を抱え込むようにして、尻へとまわし込んだ。

スカートの張りつく尻はむちむちとして、撫でれば手を弾き返すような弾力に満ち、ぎゅっとつかむと指のなかでぷるんと躍った。

そのとき、ズボンのファスナーが降ろされた。

勃起に引っ掛かりながらも下まで降ろされたファスナーの隙間から、女の手がすべり込んできた。

ブリーフを恥ずかしいほどの角度で押しあげたイチモツを、まるで愛しいものでも触れるように、情感たっぷりにしごいてくる。

ズボン越しとブリーフ越しでは、感覚が違った。

薄い布地一枚隔てた指は、じかに触れていない分、その柔らかさと強靭さを逆にはっきりと感じることができる。

この前も、車内で女にここをしごかれた。だが、受ける感覚が全然違うのだ。

もっと、強く擦ってほしくなって、左手をハルカの手に添えて、動きを促した。

すると、意思が伝わったのか、ハルカは強めに握って、大きくしごきはじめた。

だが、ブリーフの上からではどうしても動きを制限される。

次の瞬間、ブリーフの開口部からしなやかな指がすべり込んできた。

ヒヤッとする手が鋭角に持ちあがっている肉棹を握りしめ、ぎゅっ、ぎゅっと擦ってくる。

「くっ……」

うねりあがる快美感を、民雄は目を閉じて味わった。

ハルカは逆手に肉棹を握り込んで、包皮を引っ張りあげて亀頭冠にぶつけるように上下動させる。

最初は冷たく感じた指が、硬直の熱気を吸い込んだのか、今は違和感がなくなっていた。ハルカも昂っているのか、手のひらがじっとりと汗ばんできて、尿道管からにじんだ粘液も加わって、勃起自体も濡れたようになっている。

ブリーフのなかで、手の向きが変わり、今度は親指を上にした形で怒張を擦りあげてくる。

下を見ると、ズボンのクロッチに手が入り込んで、激しく動いているのがわかる。

ハルカは肩に顔を埋めて喘ぐような息づかいを押し殺し、手首から先を激しく動かして、民雄のイチモツをしごきたてる。

もともと遅漏気味の民雄は、女に手でしごかれたくらいでは、射精しない。だが、今回は違った。

ここは車内であり、他に乗客がいるのだという緊張感を、電車のなかで大人しそうな女に硬直をしごかれているという昂奮が凌駕していく。

「出そうだ」

耳元で呟くと、ハルカは怯《ひる》むどころか、いっそう強くしごいてくる。

擦るだけでなく、裏筋を爪で引っ掻くようになぞりあげ、さらには、亀頭の割れ目を指先でこちょこちょとくすぐってくる。

そして、また全体を握り込んできた。

根元から絞りあげるようにぎゅっ、ぎゅっとしごきあげられ、次は茎胴を握って、包皮を亀頭冠のくびれにぶつけられると、熱い疼きが急速にひろがった。

「くくっ、くくっ……」

目を閉じると、ハルカの指づかいがいっそう如実に感じられる。

電車の音、揺れ、女の髪の香り……。

物足らなくなって、スカートをまくりあげ、太腿の奥を撫でさすった。

パンティの基底部はそれとわかるほどに濡れが沁み出ていて、パンティの上からでもぬるっ、ぬるっとすべる。

「ハッ、ハッ、ハッ……」

ハルカは耳までも赤く染めて、悩ましく眉根を寄せた顔を民雄の肩に埋め、息を弾ませながら、さかんに怒張を擦りたててくる。

(出そうだ……)

しかし、ここで出してしまえば匂いだってするだろう。他の客にわかってしまう。

(ダメだ……こらえるんだ)

だが、パンティへ基底部のぐにゃりと沈み込むような膣肉の感触が、民雄をさらなる高みへと引きあげる。

亀頭冠を中心につづけざまにしごかれたとき、それがやってきた。

「うッ……!!」

洩れそうになる声を必死に押し殺した。

身震いするような強烈な射精感が全身を貫く。

喫水線《きっすい》を超えた熱いマグマが尿道管を突き破るように噴出している。

民雄は女にすがりつくようにして、射精したことを乗客に悟られまいとする。

それでも、体が勝手に痙攣している。

自分がこの現実を超越して、どこか遠いところへ行ってしまうような気持ち良すぎる強烈な感覚だった。

放出を終えると、急に自分のしたことが恥ずかしいことに思えてきた。

どろっとした精液がブリーフのなかに溜まっている。きっと、女の手にも付着しているだろう。

自分の下半身から、栗の花の匂いが立ち昇っているのがわかる。

注意しないとわからないほどだが、鼻の利く人にはそれが精液の匂いだとわかるに違いない。

女の手がブリーフから未練がましげに離れていく。

民雄はとっさにブリーフの位置を直し、ズボンのファスナーを引きあげた。

これで、多少なりとも匂いは封じ込められるはずだ。

ハルカが自分の指に付いたどろっとした白濁液を、こっそりとハンカチで拭いている。

女はハンカチをしまうと、民雄の胸に顔を埋めて、電車の揺れに身を任せる。

速度を落とした電車が終点であるS駅のホームにすべり込んだのは、それから間もなくのことだった。

3

翌朝、民雄がM駅を八時二十分に発車する電車の、昨日と同じ位置の車両に乗り込むと、隣の駅から乗ってきたハルカが民雄に気づき、ハッとしたように目を見開いた。

前日、会社に通っているわけではないと伝えたので、まさか同じ電車に乗ってくるとは考えていなかったのだろう。

そして、民雄はハルカを痴漢し、ハルカは民雄の指を受け入れて、前日のように昇りつめた。

翌日も、その翌日も……。

まるで、夢でも見ているようだった。

『熟年痴漢クラブ』で、先輩たちの武勇伝を聞かされたとき、まさか、それと同じようなことが自分の身に起こるなど考えてもいなかった。

そして、七十二歳の宮田の言葉を思い出していた。

痴漢は相手の素性を知ってするものではない。人格などは余計で、ただ純粋な欲望だけで繋がっている。それが、痴漢の醍醐味である――。

自分とハルカの場合もまったく同じだった。

お互い相手の名前を知らない上での、共犯関係のようなものが、二人を深く繋げていた。

三日目のその日、民雄はいつもと同じ電車の同じ車両に乗り込み、いつものように隣駅から乗ってきたハルカを、今日は正面から触りはじめた。

スカートの内部に右手を差し込んだとき、愕然とした。

パンティをつけていなかったのだ。

ハルカはこれまでのように太腿までのセパレート式のストッキングは穿いていたが、その上には一切の下着の感触がなく、指に感じるのは恥毛のビロードのようになめらかな感触だけだった。

そして、覆うもののない陰部はそこに指を添えた瞬間に、すでに濡れていて、血を吸ったヒルのようにふくらんでいるのだった。

ハルカがパンティを穿いてこなかったことに、民雄は頭の芯から精液が噴き出るほどの昂奮を覚えていた。

住んでいるところから駅までおそらく徒歩だろうが、その間、ハルカはノーパンで歩いてきたことになる。事故にでも遭ったら、厄介なことになるのは目に見えているのに、それを敢えてした彼女の気持ちを考えるとぞくぞくした。

だから、民雄はS駅までの二十分の間、ハルカをいつも以上に丹念に、いやらしく痴漢した。ハルカもノーパンであることに昂っているのか、過敏なほどに応え、何度も昇りつめた。

そして、終点のターミナル駅で降車したとき、ハルカはいつもと違って、民雄の腕を握ってこう言ったのだ。

「どこかに連れていってください」

思わず、ハルカの顔を見てしまった。

「お願いします」

絶頂の余韻を引きずって潤む大きな瞳に、すがりつくような哀切な感情が浮かんでいるのを感じたとき、ハルカがノーパンでやってきた理由がわかったような気がした。

指だけでは物足りなくなっているのだ。もうひとつ上の段階に進みたくて、自分の気持ちをノーパンであることで伝えたかったのだろう。

民雄も痴漢をつづけている間も、このままでいい、と思う反面、ハルカのすべてを知りたい、猛りたつものをこの女の体内に埋め込みたいという欲望があることは否定できなかった。

「わかった……いいんだね？」

「はい……」

民雄はハルカとともに改札を出る。

ラブホテルはここから歩いて十五分ほどかかる。ハルカとしても通勤途中なのだから、無駄な時間は使いたくないはずだ。行く途中で気持ちが醒めてしまう可能性だってある。

どこかいい場所は、と考えたとき、駅から数分のところに、二十四時間営業の個室喫茶があることを思い出した。以前に、始発電車までの数時間をそこで過ごしたことがあり、ここなら女とセックスも可能だと思った記憶がある。

案内して行く間も、ハルカはふらふらしていて、民雄の左腕にすがりつくように歩いている。

小さな看板の出ている個室喫茶は、地下一階にあった。階段を降りていき、カウンターで料金を払って、飲み物をオーダーする。

朝だというのに店内は薄暗い。中年紳士の店員に案内されたのは、二畳ほどの狭い個室で、壁際にいかにも安そうなソファが置いてあり、その前に小さなテーブルがあり、天井から一条の明かりが落ちている。

ハルカとともにソファに着席した。

すぐにでも愛撫を開始したいのだが、飲み物が来るまでは我慢しなければいけない。こういうときは話をするしかない。

痴漢の醍醐味は匿名性にある。わかっているが、二人の関係はここに来たとき
からすでに、痴漢の領域を超えてしまっている。

民雄は思い切って聞いた。

「あの……あなたのことをどう呼んだらいいんだろう？　いや、いいんだ。教え
るのがいやなら」

ハルカはちょっと考えてから言った。

「由起子《ゆきこ》です」

答えて、こう書くんですと漢字を教えてくれた。

「その、由起子さんか。いい名前だね」

そうか、ハルカではなく、由起子だったのか……。

民雄は頭のなかで、彼女の名前を置き換えた。

「失礼ですが、あの、あなたのことをどう……？」

「……坂巻でいいよ」

「坂巻さん、ですね……」

民雄はうなずいて、

「こんなこと聞いていいのかどうかわからないけど……ＯＬさんなの？」

「……口は堅いほうですか？」

「ああ、由起子さんに関しては、一切口を噤《つぐ》むよ。私たちは他人には言えない秘密で結びついているようなものだからね」

「坂巻さんを信用して打ち明けます。映画の配給会社の社員をしています。新卒で入って、もう五年です」

ということは、二十六、七歳というか。

「そうか。映画の配給会社か……面白そうな仕事だ」

「でも、配給する映画を決めるのは上司ですから。わたしたちは事務的な処理に追われていて」

いったん会話が途絶えたので、民雄はずっと気になっていたことを聞いた。

「この前の優先席でのことだけど……随分と帰りが遅かったね」

「あのときは映画公開の打ち上げがあって。あの時間までかかってしまいました」

「それで、酔っていたんだね」

「はい……お恥ずかしい限りです」

「……あのとき、由起子さんは譫言《うわごと》で、確か……コウジという名前を呼んでいたと思うんだがあの男はきみの恋人なの？」

言うと、由起子の顔が真っ赤に染まった。

「わたし、そんなこと言っていましたか？」

「ああ……他にもいろいろと」

「何て？」

「そうだな。『カチカチ』とか」

由起子が顔を両手で覆った。

「すみません。あのとき、わたし酔っていて、ほんとに覚えていないんです」

「最後のほうは……？」

「あれは……覚えています」

はっきりと言って、由起子は羞恥の極みとでもいうように、髪からのぞいている耳を薔薇色に染める。

「もう一度聞くけど、コウジというのは、恋人なんだね」

「……ちょっと、言えません」

その言い方で何か訳ありであることが感じられた。

そのとき、ドアが開いて、中年男性がコーヒーを運んできた。

テーブルに置いて、何も言わずに出ていく。

民雄はさっきのつづきを聞きたかったが、すでにそういう雰囲気ではなくなっていた。

「今の人に、私たちはどんな関係に映っただろうね？」

「どうなんでしょう」

うつむいたまま、由起子は腰をもじもじさせている。

触ってほしいのか。そうだ、自分から誘ったくらいだから、下腹部が疼いていて欲しくてたまらないのに違いない。

今日、由起子は珍しく膝上二十センチほどのタイトミニを穿いてきていた。スカートが豊かな腰に張りつき、座っているぶん、尻が横に容積を増して、そのむっちり感がたまらない。しかも、この下に、パンティを穿いていないのだ。

そう思うと、こらえきれなくなった。民雄は右手を膝に伸ばし、スカートからのぞいた左膝をつかんで、ぐいと開いた。

「ぁうぅぅ……」

由起子は膝を大きくひろげて、のけぞるようにして顎をせりあげた。

反応が期待以上に鋭く、大きい。

電車のなかで必死に抑えていたものが、解き放たれたのだろうか。

民雄は席を立ち、コーヒーカップの載ったテーブルを邪魔にならないように静かに移動させると、由起子の前にしゃがんだ。肌色のストッキングの張りついた両足をつかみ、さらに押し開くと、

「ああ、いや……」

由起子が顔をそむけた。

目の前の光景に、民雄は目を奪われた。

M字形に百二十度ほどにひろがった左右の足は、太腿の途中でストッキングが途切れ、その上方には黒々とした陰毛の翳《かげ》りとともに、ココア色の女陰がぱっくりと開いて、内部の赤みをのぞかせている。

左右の太腿の付け根は引き攣《つ》り、その中心で、天井からのスポットライトを浴びた女の亀裂が妖しくぬめ光っていた。

「見ないでください。恥ずかしいわ」

「こんなに濡らして……由起子さんは見た目はやさしくて、大人しそうなのに、淫らなところがあるんだね。痴漢されて毎日のようにイクし、今もこうやって恥ずかしいところを見せて、昂奮している」

「言わないで、いや……」

「実際、そうだから仕方がない。今もご開帳されたあそこから、いやらしい汁がどんどんあふれてくる。指でそこを開いてごらん。恥ずかしいところを奥までさらしなさい」

言葉でなぶりながら、民雄自身も昂っていた。

由起子が誘うのだ。この女は、男から卑猥な欲望を引き出してしまう。そういう女だ。

おそるおそる両手を前に持ってきて、由起子が肉びらに添えた。

「ああ、いや……」

顔を逸《そ》らしながら、細く長い指が陰唇を左右にひろげていく。それにつれて、ローストビーフの切断面に似た内部があらわになった。

そこは、まさに血の滴る生の牛肉だった。

「あ、いや……いや……」

「すごいな。ぬるぬるだ。そのままにしているんだよ」

言い聞かせて、民雄は顔を近づけた。

仄かなヨーグルト臭を吸い込みながら、割れ目に沿って舌を走らせると、

「はうぅぅ……」

内腿にさざ波が走り、由起子の顔が撥ねあがった。

「それは、いやっ……汚れているわ」

「あなたが誘ったんだぞ。このくらいのことは覚悟してたんじゃないのか？」

「でも、きっと……」

「大丈夫。あなたのここはいい匂いがするし、妙な味もしない」

民雄は仄かに感じる甘酸っぱい性臭を嗅ぎながら、陰唇の裏側と狭間の粘膜に舌を這わせる。

それとわかる尿道口の小さな窪みを舐め、上方の肉芽にも舌をまとわりつかせる。

「ぁああ、ぁああ……ダメっ……ダメっ……あうぅぅ」

一直線に近いほどにひろがった鼠蹊部が引き攣り、翳りを張りつかせた肉丘がもっと欲しいとばかりにせりあがってくる。

4

女の情欲をあらわにしたその動きが、民雄を昂らせた。

ずっとしてほしかったことを、させたくなった。

そして、由起子は今ならするだろう。

民雄は立ちあがって、ズボンとブリーフを膝までおろした。

さげたはなから、屹立が躍るように姿を現す。淫水焼けで黒ずんだそれは、少し前だったらあり得ないほどの角度でいきりたっている。

誇りさえ感じながら、民雄は由起子の前に分身を突き出した。

ちらりと視線をやって、由起子は恥ずかしがっているような照れているような微妙な表情をした。

電車のなかでは他人の目を意識しているのか、表情が硬いが、こうして二人になると、和らいだかわいい雰囲気になる。

「悪いけど、もしよかったら、舐めてくれないか?」

ためらいを振り切って言うと、由起子は小さくうなずいて、目を伏せたまま顔を寄せてきた。

ソファに腰をおろした状態で上体を少し屈《かが》めるようにして、肉棹を握り、口許を近づける。

赤銅色にてらつく亀頭部に、ちゅっ、ちゅっとやさしくキスをして、鈴口に浮かんでいる先走りの粘液を舌で伸ばすようなことをする。

つやつやのミディアムヘアがかかる顔が、おずおずとあがり、民雄の様子をうかがってくる。

民雄と目が合うと、恥ずかしそうに目を伏せ、赤い舌をいっぱいに出し、亀頭冠の出っ張りをぐるっと一周させる。

それから、頬張ってきた。

亀頭冠を中心に小刻みに唇をすべらせ、そのリズムに合わせて、根元を握った指を動かす。

「おおぅ……」

民雄は目を閉じて、もたらされる陶酔感を味わった。

この前も、痴漢で落とした女に咥えてもらった。だが、それはあくまでも林のおこぼれをちょうだいしたという形だった。

だが、今回は違う。自分の手で射止めた女であり、もともと目をつけていた女なので、その分、感慨も大きい。

そのとき、くちゅ、くちゅと粘膜を掻き混ぜるような音が聞こえて、ハッとして目を開くと、由起子は左手をスカートの奥に差し込んでいた。

足を必要以上に開いて、剝き出しになった恥肉を指でいじっているのだ。

右手で肉棹を握り、顔を打ち振ってフェラチオしながら、その一方で自らの花芯に指を挿入している。

(こんなことまで!)

すべすべの顔をした癒し系のやさしげな容姿をしているのに、やることは大胆だ。

何が彼女をこうさせるのだろう?

スカートに包まれた腰がくねりだした。

唾液でぬめる陰茎を大きなストロークで攻めながら、中指を膣肉に押し込んで、もうたまらないといったふうに腰をうねらせる。

いやらしすぎた。

この個室喫茶では、セックスは暗黙の了解のはずだ。だから、コーヒー一杯が三千円もするのだ。

(いいんだ。由起子さんもそれを求めているのだから)

民雄はフェラチオをやめさせ、由起子をソファに這わせた。

タイトなミニスカートから、太腿とそれにつづく尻がのぞいている。太腿の途中までのストッキングが濡れたような肌色の光沢を放ち、一糸まとわぬ尻は太腿の付け根から急激に盛りあがって、豊かな丸みを示していた。

尻たぶの底に息づく亀裂を切っ先でなぞると、そこは油を塗ったようにぬるぬるで、切っ先がすべる。

「もう少し、尻を突き出して」

言うと、由起子は膝を開き、背中をしならせて、尻をせりだしてくる。

左右の充実した尻たぶの切れ込むところに、セピア色の窄まりがうごめき、その下方に、女の肉花が赤い芯をのぞかせていた。

由起子には「コウジ」という恋人のような存在がいるはずだ。それなのに、こんなことをしてもいいのだろうか、という思いはある。

だが、きっと何らかの理由で上手く行ってないのだ、と思い直した。

「ほんとうに、私でいいんだね?」

確認すると、

「はい……坂巻さんがいいんです」

うつむいたまま、由起子が言った。

真実はわからないが、そう言われれば嬉しい。その気になる。

民雄はいきりたつものを亀裂の中心に押しあてて、慎重に腰を入れていく。指を挿入したときにも感じたのだが、小ぶりの上品な器官であった。だが、たとえ小ぶりでも芯をとらえれば、挿入は難しくはない。濡れ溝の中心めがけて屹立を沈み込ませると、適度な抵抗感とともに肉路を怒張が押しひろげていき、

「あうぅぅ……」

由起子がソファの表面を強くつかんだ。これまで味わったなかでも一番、と思わせてくれるほどの素晴らしい挿入感だった。

民雄の指で馴らされたそこは、潤みと柔らかな収縮に富み、まったりと肉棹に吸いついて、ヒクヒクとうごめくのだ。

粘着力に逆らうように分身を行き来させると、

「ぁああぁ……いい……いいの。これが欲しかった」

由起子はソファの肘掛けにしがみついて、心底感じている声をあげる。

「私もだ。私もこうしたかった」

民雄は前に屈んで、胸を揉みしだいた。

ブラウス越しにもたわわであるとわかる胸のふくらみを、手のひらで覆うようにして、やわやわと揉みあげる。

「ぁあぁ、ぁあぁ……」

由起子は周囲を意識してか、声を潜めているのだが、きっと外には漏れているだろう。

民雄は胸から手を離して、腰をつかみ寄せ、次第に強いストロークに切り替えていった。

ハート形の尻たぶの底に、血管が浮き出る肉の棹が姿を消し、また、現れる。

「あっ、あっ、あんん……」

由起子の抑えきれない喘ぎが一段と高まり、次の瞬間、上のほうで衣擦《きぬず》れの音が聞こえた。

ハッとして見ると、隣室との境目の壁の上から年取った男の顔が出て、こちらを覗いているではないか。

七十歳を越えているかもしれない。銀髪の痩せこけた男が、パーティションと天井の隙間からぬっと顔を覗かせ、血走った目でこちらを見ているのだ。

ギョッとして動きが止まった。

店員に言いつけてやめさせようかとも思ったのだが、セックスをしている自分たちこそ非難される側かもしれない。あるいは、ここは覗きが暗黙の了承で許されている喫茶であるという可能性もある。それに、老人の表情があまりにも真剣だったので、可哀相になってきた。

(そんなに見たいのなら、見せてやる)

そう居直ると、自分も昂奮してきた。

デバガメの視線を意識しながら、腰をつかみ寄せて、大きく打ち込んだ。

「くっ……ああぁぁぁ、声が出ちゃう……くっ、くっ」

由起子は手を口に持っていって、必死に声を押し殺す。

覗かれているのだが、由起子にはそれはわからない。

柔らかくてまったりとした肉襞が亀頭冠のくびれに吸いついてきて、民雄も追い込まれていく。

上を見ると、あの老人が相変わらず血走った目でこちらを見ている。

この男がなぜ覗きをするようになったのか、わからない。だが、この歳で早朝の個室喫茶で覗き見をする男を、年がそう離れていないこともあって民雄は自分の同類のように感じた。

自分だって用もないのに、毎朝満員電車に乗って痴漢を働いているのだ——そう思うと、この男にもっと愉しんでもらいたくなった。

いったん接合を外して、由起子をソファに仰向けに寝かせた。このほうが、女の表情が見えて昂奮するだろうと思ったからだ。

由起子が覗き見男を発見してしまう可能性もあるが、そのときはそのときだ。

片足を持ちあげ、黒々とした翳りの底にふたたび屹立を押し込んだ。

「くっ……！」

由起子は肘掛けに頭を載せて、かるくのけぞった。

やはり、前からだと窮屈さが違う。ぐにぐにとした粘膜の巾着袋を強引に押し開いていく感じである。

背もたれに近いほうの足を持ちあげ、膝を腹につかんばかりに押しつけながら、激しく怒張を叩き込んだ。

「あっ……あっ……あっ……」

突きあげられるたびに、肘掛けに載った由起子の顔がずれていき、のけぞるような形になった。

そのとき、「コホッ」というかるい咳が上から聞こえた。

あっ、マズい——。

由起子を見ると、ぴたっと喘ぎ声を止めて、咳がしたほうを見あげた。

「アッ」と声をあげ、民雄のほうを見た。

「わかってる。さっきから覗いているんだ。いいじゃないか、見せてやろう」

言うと、由起子は恐怖に引き攣った表情でいやいやをするように首を左右に振った。

「相手は老人だ。害はないよ」

言い聞かせて、民雄はまた打ち込みを再開した。

「ちょっと、いや……ダメ……」

由起子はデバガメを見あげたり、民雄を見たりしていやがっていたが、かまわず、強く打ち込むと、

「ぁあぁぁ、ダメッ……ダメ……ぁあぁぁぁうぅぅ」

目を閉じて、首から上をのけぞらせる。

もたらされる快感が自制心を超えてしまったその瞬間を、民雄は貴いものに感じる。

ここぞとばかりに打ち込むと、由起子は肘掛けから顔を落とし、ほっそりした

喉元をさらして、

「いい、いいの……」

ソファを手で鷲づかむ。

「見られていると、昂奮するだろ?」

「はい……恥ずかしいけど、それが……いいの……あん、あんっ、あんっ」

由起子はあからさまな声をあげる。

電車のなかでも、由起子はひどく昂る。きっと、他者の視線を感じると性感が高まるのだろう。

ならばと、民雄は由起子のブラウスのボタンに手をかけた。

上からひとつずつ外していき、ブラウスをスカートから抜き取って、横に開いた。

純白のブラジャーに包まれた胸のふくらみが現れ、刺繡付きの清純なブラジャーを背中に手をまわしてホックを外し、ぐいと押しあげる。

「ああ、いやっ……」

想像していた以上に形のいい、量感もあるお椀形の乳房がまろびでてきた。

由起子があわてて乳房を手で隠す。その手を外して、押さえつけた。

「隠さなくていい。見せてやるんだ」

「ぁああ、もう……恥ずかしいよ。恥ずかしいよ」

由起子は半泣きになりながらも、どこか陶酔した表情を浮かべている。

民雄は両手で由起子の手を押さえつけながら、背中を曲げて、あらわな乳房にしゃぶりついた。

乳房全体のたわわさに較べて、乳暈と乳首は小さい。

その清楚ささえ感じる乳首に貪りつき、かるく吸った。吐き出すと、唾液にまみれた乳首がちゅるんと躍り、

「くっ……！」

由起子が顎をせりあげた。

「気持ちいいんだね？」

「はい……気持ちいい。蕩けそう」

「見られてるぞ」

言うと、由起子が上から覗いている老人に目をやって、「いやっ」と羞恥の声をあげ、ぎゅっと目をつむる。

老人がしがみついているパーティションががくがく揺れているのは、彼が必死にペニスをしごいているからだろう。

痛ましいほどにそそりたってきた乳首を、右の次は左と丹念に舐め転がすと、

「ぁあああ、ぁあぁぁ……」

由起子は酔いしれているような声をあげ、同時に、下腹部をくいっ、くいっとせりあげて、抽送をせがんでくる。

「動いてほしいんだね？」

「はい……欲しい。イキたいの」

「人が覗いているんだぞ。それでも、イキたいんだな？」

由起子はちらりと老人を見て、小さくうなずいた。

民雄も昂っていた。

乳房から顔をあげ、自分は上体を立てて、由起子の曲げた膝を腹に押しつけるようにして、遮二無二打ち込んだ。

この一連の行為で、すでに息はあがりかけていた。心臓も目一杯ポンプ機能を働かせて、血液を押し出している。

だが、ここでやめるわけにはいかない。

由起子の体内に男の証をしぶかせたかった。この歳でもまだまだ男なのだということを由起子にも、上から覗いている老人にも思い知らせたかった。力を振り

絞ってえぐりたてると、

「あんっ、あんっ、あんっ……」

由起子はすでに声を抑えることもできなくなって、両手を万歳の形にして、甲高い喘ぎ声を放つ。

ふと気配を感じて見あげると、反対側のパーティションの上から、今度は四十歳くらいの眼鏡をかけた優男が顔を出して、こちらを覗いていた。

由起子の声が大きいし、上部が空いているから、筒抜けなのだろう。

おそらく、由起子は気づいていない。そんな余裕はないはずだ。

(いいぞ。見たかったら見て……いや、見せてやる)

二人のデバガメの熱い視線を背中に感じて、民雄は渾身の力を込めて硬直を叩き込む。

まったりとした粘膜が亀頭冠にからみつき、素早く往復運動させると、射精前に感じる甘い疼きが一気にひろがった。

「ああ、あうぅぅぅ……イク。イキます」

眉根を寄せた由起子が、さしせまった声をあげた。

「私もだ。私も出す。いいね?」

「いいわ。ちょうだい。出して！」

ソファが軋《きし》むほどつづけざまに打ち込んだとき、

「イク……ぁああ、くっ！」

由起子は顔をいっぱいにのけぞらせて、身体を硬直させる。

細かい痙攣が下半身に走るのを感じながら、駄目押しの一撃を押し込んだとき、
民雄にも至福が訪れた。

溜め込まれた精液が雪崩《なだれ》を打つようにしぶき、脳天にまで響きわたるような快美感に身を任せた。

苦しいと感じるほどの強烈な射精だった。

出し尽くして離れても、由起子は気絶したように微塵も動かない。片足を床につき、陰毛の叢《くさむら》をさらしたまま、ぐったりとしている。

羞恥の源を隠すこともできないその姿を見たとき、民雄は自分がまだ男であることを強く感じた。

第六章　ふたつの道具

1

一カ月後、民雄は東京発の東海道新幹線『のぞみ』の、グリーン車に乗っていた。隣の窓際の席には、由起子が座っている。

これから、一泊二日で京都へ旅をするのだ。十日前に、この旅を由起子から提案された。

民雄はふたつ返事で同意し、京都に宿を取り、行き帰りの新幹線を予約して、この日を迎えた。

グリーン車にしたのは、他の乗客に邪魔されずにゆったりと座ることができ、また、この機会にいろいろとやりたいことがあったからだ。

ちょうど正午に東京駅を発車した『のぞみ』は、品川、新横浜を過ぎていた。あとは名古屋駅に一時間二十分後に停まるだけで、約二時間後には京都に到着する。

民雄の右側には、白いブラウスにクリーム色のスーツを身につけた由起子が座り、ととのった横顔を見せている。

由起子がこの旅をしたかったのには、理由がある。

それを、つい数日前に由起子から直接聞いていた。

由起子が寝言で口にした「コウジ」は、根室浩次《ねむろこうじ》といって、由起子の婚約者なのだという。

同じ映画配給会社に勤める三十三歳の男で、由起子が入社した五年前にはすでに有能なスタッフとして活躍していて、由起子はすぐに彼に惹かれた。

三年前につきあいはじめ、半年前に結婚の約束をした。

だが、結婚式が近づくにつれて、由起子は憂鬱になっていった。

というのは、由起子は浩次を相手のセックスで感じたことがないないのだという。いや、浩次ばかりでなく、これまでつきあった三人の男とのセックスでエクスタシーに達するという経験がなかった。

しかし、愛する浩次に打ち明けることはできずに、常に演技をしていた。彼も自分のセックスで由起子が感じるものと思い込み、週に二度は身体を求めてくる。そのたびに、由起子は感じる振りをするのだが、次第につらくなってきた。

どうしたらいいのか悩んでいるときに、最終電車の優先席で、民雄に痴漢された。そして、これまで感じたことがなかったほどの快感を覚え、ついには昇りつめてしまった。

あれが気を遣った初めての瞬間だったのだという。

以来、由起子は知らずしらずのうちに、民雄をさがしていたのだが、あの日、二人はついに再会を果たした。

痴漢されて、電車内で由起子は民雄の指によって絶頂に達した。

民雄を誘った日は、指ではなくペニスでもイケるかどうか、確かめたかったのだという。

そして、由起子は個室喫茶で民雄のシンボルを受け入れて、オルガスムスを得た。

わたしは痴漢された後でないと、イケないのではないか——。

そんな不安を抱いたまま、婚約者の浩次に抱かれた。

結果は、感じたのだという。

『痴漢ゴッコをしようって、最初は彼に痴漢の真似事をしてもらったんです。そうしたら、今までになかったものを感じて……いろいろと試していくうちに、とうとう膣でイケるようになりました。すべて、坂巻さんのおかげです。わたしは坂巻さんに身体を開発してもらったんです』

そう言って、由起子は民雄に感謝の目を向けた。

『三カ月後には、結婚式を挙げます。だから、坂巻さんとはもう別れなければいけないんです。そうでしょ？　でないと、わたし、白無垢なんか着られません』

由起子は嗚咽《おえつ》をこぼした。

『じゃあ、今度の京都旅行が最初で最後の旅行ってことだね』

念を押すと、由起子はうなずいてこう言った。

『だから、坂巻さんのしたいことをしてください。わたしは何でもします。したいんです。行き帰りの電車のなかでも、旅館でも、たとえ人の目があるところでも……』

自分が由起子の性感を目覚めさせたのだという事実は、大いに民雄に自身を与えた。だが、由起子が結婚して自分の元を去っていくという事実は、民雄をどん底に突き落とした。しかし、受け入れるしかない。

だいたい、民雄は由起子より三十近く年上なのだから、普通につきあえるわけがないのだ。

一夜の夢だったと思えばいい——。

今度の京都旅行は自分がやりたいことはすべてやるつもりだった。グリーン車の座席は横にも縦にもひろく、ゆとりがある。すでに、二人シート

隣にいる由起子の横顔を眺めていると、通路を制服を着た女性の新幹線パーサーがブランケットを持って、まわってきた。これを待っていたのだ。

呼び止めて、二枚のブランケットをもらい、

「冷房が効きすぎてるから、寒いでしょう」

ひとつを由起子の膝に、もう一枚を自分の膝にかけた。

由起子がこちらを向いてにっこり笑った。

民雄も無言で微笑み、それから、由起子の膝にかかっているブランケットのなかに右手をすべり込ませた。

ハッとして由起子は一瞬民雄を見たが、すぐに、民雄の右腕を隠すようにしてもたれかかってきた。

座席の前方から見たら、民雄の右手が隣の女性のブランケットのなかに潜り込

んでいるのが、わかるだろう。

だが、今も見まわしたところ、ポツリポツリとしか乗客はいないし、一番近いところで三列前にひとりいるだけだった。ここはグリーン車だから、さほど乗客の移動はないはずだ。先ほど検札も終えていて、乗務員も当分はまわってこないだろう。

民雄は右手をおろしていき、スカートのなかに手を差し込んだ。

由起子は膝上十五センチくらいのスカートを穿いていたので、手が容易に内腿に届く。左足の太腿を内側からなぞると、

「ううん……」

由起子が鼻にかかったぐずり声を洩らした。

車内での痴戯を由起子が期待していたのは感じていた。

民雄は右の手のひらを内腿に張りつかせ、その丸みに沿ってそろそろと撫であげていく。

ストッキングが途中で途切れて、温かな素肌を感じる。ストッキングから受ける感触とまったく違う、柔らかくしなる肉感とまるでパウダーでもかけたようなつるつるの肌の感触が、ひどく心地よい。

また、膝までおろしていき、そこからなぞりあげる。

「ぅうん……ダメっ……」

耳元で由起子が囁いた。だが、それが本心からの言葉でないことは充分にわかっている。その証拠に撫でるごとに、由起子の足はひろがっていく。

膝に置かれたブランケットがぴんと張り、その中心部が民雄の手の動きにつれて、盛りあがっている。

初めて由起子を痴漢したときの、あの優先席での出来事と同じだった。違うのは、ここが優先席ではなく新幹線のグリーン車であるということだ。

左足の内腿を撫でているうちに、それとわかるほどに太腿の素肌がしっとりと汗ばんできた。

前方の通路に人影がないことを確かめて、右手をぐっと奥まで差し込むと、

「あっ……」

ビクッと由起子が震えた。

ナイロン素材なのだろうか、すべすべとした薄いパンティの布地を通して、指腹に、恥肉のたわみを感じる。

左右の陰唇がせめぎあうようにして、肝心な部分を護っているのがわかる。

民雄は中指を鉤形《かぎがた》に曲げて、中心の縦溝をなぞった。

執拗にさするうちに、内部の潤みがはっきりと感じられるようになった。そして、肉の渓谷がぐちゅぐちゅになってきたのが、パンティを沁みとおってきた湿気でわかる。

じっとりとした布地越しに、縦溝を撫でさすりながら、曲げた中指を突きたてると、

「くっ……！」

由起子は民雄の右腕にしがみつくようにして、声を押し殺した。

目は閉じたまま、うつむいて顔を隠すようにしている。

だが、民雄の指の動きに翻弄されるように、下腹部をせりあげたり、横揺れさせたりする。

自分のものも触ってほしくなり、由起子の左手をつかんで膝掛けの下へと導いた。

優先席での出来事の再現だった。

同じ形で出会って、別れる——。それもいいかもしれない。

周囲の乗客の目を意識しながら、自分でベルトをゆるめ、ファスナーをおろし

た。すると、由起子のしなやかな指が、ブリーフの上端からすべり込んできた。

ヒヤッとした感触が、すぐに肉棹にからみついてくる。

熱いほどに猛りたっている肉棹の熱が伝わったのか、由起子の手はすぐに温まって馴染《なじ》んできた。その指がゆったりと上下に動きはじめる。

（おおぅぅ……）

心のなかで吼《ほ》えて、民雄はもたらされる悦びを目を閉じて味わった。

指をつぶさに感じる。親指が裏筋に沿ってすべっていく。いちばん上にある人差し指が、亀頭冠に触れて、それがジンとした甘い痺れを生む。

震動の少ない新幹線がレールの上をすべるように高速で走っていく。

走る密室のなかで、自分は女に硬直をしごかれている——。

もたらされる至福に酔いしれながら、民雄はふたたび由起子の下腹部を指でなぞりはじめた。

分泌液が沁みとおってきたのか、基底部の一部がぬるっとして、本体の柔らかさも増している。

「じかに触るよ」

由起子の耳元で囁き、パンティを横にずらして、あらわになった部分に指を這わせる。

陰毛が所々に生えた陰唇のすぐ外側にスーッと指を走らせると、

「あっ……」

ビクッと震えて、由起子の肉茎をしごく手が止まった。

民雄は陰唇と小陰唇の狭間を撫で、それから、内側の溝に指を押しあてた。

そこはあふれんばかりの蜜をたたえ、貝の肉質にも似た陰唇が指を包み込むようにしてまといついてくる。

(こんなに濡らして……)

民雄は周囲に気を配りながら、中指をクレヴァスに走らせる。大量の蜜でぬるり、ぬるりと指がすべり、

「うっ……くっ……」

と、由起子は顔を伏せて声を嚙み殺す。

民雄が愛撫を強めると、ただ握るだけが精一杯という様子で、胸を喘がせる。

中指の位置を少しあげて、上方の肉芽をとらえた。

指に付着した蜜を塗り込めるようにしてクリトリスをなぞり、さらには、丸みを押し潰すようにくりくりとこねてやる。

由起子の気配が一気に変わって、「く、くっ」と声を押し殺しながら、下腹部をもっと触ってとばかりにせりあげてくるのがわかった。

まだ時間はたっぷりある。

肥大化してきた肉芽を、民雄は丹念に愛撫した。

二本指に挟んで、側面を引っ掻くように刺激し、周辺を円を描くようにしてなぞり、包皮ごとやさしく撫でたりする。

「うっ……うっ……あっ……あっ」

由起子は右手を口許に持っていって、懸命に声を殺している。

だが、クリトリスで派生した快感が全身に行き渡っているのか、がくん、がくんと肢体がシートの上で撥ねる。

民雄の中指が、由起子の体内に入りたがっていた。

正面を見て、前から来る者がいないことを確認した。中指をすべらせていき、潤みが落ち込む箇所をさがし、指を鉤形に曲げながら押し込んでいく。

中指が熱い滾りのなかに、ぬるっと嵌まり込んで、

「あっ……」

由起子が顔を撥ねあげた。

ヘッドレストに後頭部を載せて、眉根を寄せた悩ましい顔をさらす。

蕩けているが相変わらず窮屈な肉路が、ひくひくっと収縮しながら、中指を食いしめてきた。

圧力を押し退けるようにして指をつかうと、みっちりと指にからみつていた肉路が少しずつひろがり、同時に内部の潤みも増して、動きが潤滑になる。

(ああ、これがやりたかった……)

達成感に浸りながら、中指を活発に動かして、まとわりつく肉襞を撥ねあげ、そして、内部を掻きまわす。

「あっ……あっ……うぐ」

由起子はヘッドレストに頭を打ちつけ、さらにはフットレストに置いた足を突っ張らせる。

ぎりぎりまで倒したリクライニングシートの上で、由起子は腰を持ちあげ、出来る限り身体を真っ直ぐにしようとする。

天井の入口から近い部位を、中指を立てて引っ掻くようにして擦りあげると、膣内が空気を孕んだようにふくらんできた。感じている証拠だと、誰かから聞いた覚えがある。

「ダメっ……イッちゃう」

由起子が耳元で訴えてきた。

「いいんだよ」

そう答えて、肉天井を連続して指で叩く。

がくん、がくんと身体が震え、フットレストに置かれた足が伸びたり、縮んだりしている。足をがに股にして、由起子は身悶え、民雄の右腕を痛いほどにつかんでくる。

中指でつづけさまにGスポットをノックしたとき、

「うっ……！」

低く呻いて、由起子がのけぞりかえった。

一直線に身体を伸ばし、顎をせりあげる。

もう周囲の目など気にしていない、そのあらかさまなイキ顔に、民雄は見とれた。

膣肉がひくり、ひくりと絶頂の痙攣を示すのを、民雄の指が記憶に刻み込もうとしていた。

2

『のぞみ』はどのあたりを通過しているのだろうか？　まだまだ名古屋に到着には時間がある。

民雄はシートの前に入れておいたセカンドバッグから、小さな紙袋に入ったものを取り出して、由起子に手渡すと、

「これを、トイレで穿いてきてくれないか？」

そう耳元で囁いた。

由起子が怪訝《けげん》な表情で紙袋を見て、聞いた。

「何ですか？」

「開ければ、わかるよ」

由起子はうなずいて、席を立った。

それから、通路を歩いて、前の車両との連結部にあるトイレに向かう。

紙袋の中身は、オープンクロッチショーツである。民雄がインターネットを利用して、大人のおもちゃ屋さんで他の物と同時に購入したものだ。

ショーツは真っ赤なレース刺繍のついたもので、股間から尻にかけて大きく割

れていて、観音様はほぼ剝き出しだ。

セカンドバッグにはもうひとつ別の物が入っている。無線式のローターで、家で電池を入れて実際に動くかどうかも試しずみだ。

電池を入れっぱなしにしておくと、肝心なときに電池切れで動かないことがあると聞いていたので、電池を外してあった。その電池を急いで、本体とコントローラーの両方に入れる。

他人が見たら、異様な光景である。幸いにして、席から立ちあがっている乗客はいない。あらためて、グリーン車にして良かったと思う。

電池を入れ終えてすぐに、由起子が戻ってきた。

通路をうつむきながら、席に向かって歩いてくる。クリーム色のスカートの下に真っ赤な股割れパンティをつけているのだから、透けてしまわないかとか、きっと気が気でないだろう。

由起子はちらりとこちらを見て、窓際の席に腰をおろした。

民雄が顔を寄せて、

「穿いてきたかい？」

聞くと、由起子はうなずいて、

「恥ずかしいわ、これ」

声を潜める。だが、表情は期待に輝いている。

民雄はふたたびブランケットを膝にかけてやり、右手をその裏側へとすべり込ませた。

三十度くらいに開いた太腿の奥をさぐると、周囲には薄い布地を感じるのに、
肝心な部分は肉びらと濡れそぼった狭間が露出していて、ぬるっとしたものに触
れる。中指でなぞりあげると、

「ぁああん、もう……」

由起子が身を寄せてくる。

「まだ、濡れてるね」

由起子が小さくうなずく。

民雄はいったん右手を外すと、セカンドバッグから砲弾形のローターを取り出
して、手のひらに隠したまま、膝掛けの裏側へと運んだ。

「小さなバイブを入れるから、足を開いて」

耳元で囁くと、由起子がびっくりしたように目を見開いた。

「したいことをしてほしいんだろ？　させてくれないか？」

耳元で訴えると、由起子はうなずいて、覚悟を決めたように足を開く。

グレーの膝掛けの下で左右の太腿が大きくひろがるのがわかった。

ローターは長さ五センチ、直径三センチくらいの黒い砲弾形のもので、先は尖っているが胴体はかなり太い。入れるのには苦労するだろうが、いったんおさまってしまったら、なかなか出てこないだろう。

右手に持ったローターを膣口にあてようとする。だが、まったく見えないので位置がはっきりしない。妙なところにあてて、無理に力を込められたら、由起子だって痛いだろう。

「自分で入れて……」

耳打ちすると、由起子は膝掛けのなかでローターを手にして、なかで手を動かし、「うっ」と低く呻いた。

民雄が確かめようとして、右手を太腿の奥にあてると、ローターがすっぽりと嵌まり込んでいて、無線を受けるための尻尾のようなコードだけが外に出ている。おさまったローターを膣から引っ張りだすのにも使うものだ。

民雄は右手をそこに添えたまま、左手でコントローラーを操作する。

オーディオ機器のリモコンを小型にしたようなもので、ふたつスイッチがついていて、下のほうが電源スイッチで、上がバイブレーションのリズムを変えるためのであることは、自宅で試してわかっていた。

他人から見えないように、手のひらに握り込み、ケータイを操作する要領で下のボタンを押すと、由起子がビクッとした。

右手に、膣内で震動するローターのリズムが伝わってくる。

いちばんシンプルなものなので、「ツッ、ツッ、ツッ」と同じリズムを刻んでいるが、震動はそうとう強い。震動音はかすかに聞こえるものの、耳を澄まさないと聞こえない程度の音量である。

由起子はじっと目を閉じて、何かに耐えている。

外側からでも感じるほどに強いバイブレーションである。それを膣内で味わうとしたら、かなり応えるだろう。

由起子は足を三十度くらいに開いて、リクライニングシートに背をもたせかけ、両手で肘掛けをつかんで、ぎゅっと目を閉じている。

だが、瞼がひくっ、ひくっと痙攣しているし、ひろがった太腿も引きつけを起こしたように時々こわばる。

民雄はスカートのなかに差し込んだ右手で、内腿を撫でてやる。いったん退いていた汗が一気に噴き出し、肌がねっとりと潤っているのを感じながら、手を股間に押しあてた。

左手でコントローラーの上のボタンを押すと、震動のリズムが単調なものから「ツッー、トントン。ツーッ、トントン」というパターンに変わり、由起子の気配にも変化があった。

「うっ……くくっ」

右の手の甲を口許にあてて、あふれそうになる声を必死に封じている。

民雄はボタンを押して、震動のリズムを変えながら、股間に差し込んだ右手で由起子の恥肉をまさぐった。

陰唇の上部に覆われた肉芽を指先で、くにくにとこねる。

あふれだしている蜜を肉芽になすりつけながら、細かく弾くと、

「うっ……うっ……ダメ」

由起子は民雄の身を寄せて、肩に顔を埋め込んだ。

「イキそう?」

聞くと、由起子はうなずく。

複雑なリズムを刻むバイブレーションを感じながら、クリトリスを丁寧にこね

ると、由起子は民雄の右腕にすがりつくようにして顔を横向きにして、

「くく……くっ……」

洩れそうになる声を必死に嚙み殺す。

そのとき、前方の自動ドアが開いて、ワゴンを押しながら新幹線パーサーが入ってきた。

ハッとして、由起子は体勢を立て直し、車窓から外を見る。

こういうとき、なぜ男は連れの女性を困らせたくなるのだろう。

「あっ、ちょっと」

通り過ぎようとしたパーサーを呼び止め、

「コーヒーをひとつください」

と、冷静に頼む。

由起子は一瞬びっくりしたようにこちらを向いたが、すぐに窓のほうを向く。

だが、依然として体内に埋め込まれたローターは震動をつづけている。しかも、ツーッ、ツーッという奇妙な音はパーサーが注意すれば、聞こえる可能性だってある。

優美な容姿のパーサーは、ポットを押してコーヒーを紙コップに注いでいる。

民雄にはかすかな震動音が聞こえるのだが、この女性にローターの音は届いているのだろうか？

横を見ると、由起子は顔を大きくそむけながらも、うつむき加減で下唇を色が変わるほど嚙んでいる。色白の顔がほんのりと上気し、首すじにもピンクが散っていた。

ぎゅうと閉じ合わせた太腿がぶるぶる震えているのが、膝掛け越しにでもわかる。

目一杯作り笑いをしたパーサーが、紙コップにプラスチックの蓋をして、渡してくる。

コーヒーを受け取り、民雄は代金を払った。

丁寧にお辞儀をして、パーサーが吊りあがったヒップを揺らして、遠ざかっていった。

「飲むかい？」

聞くと、由起子は首を左右に振った。それから、民雄の太腿をぎゅっとつねってきた。

3

『のぞみ』は名古屋で停車して、また走り出した。あと、四十分弱で京都に到着する。

依然として、由起子の膣肉にはローターがおさまっていた。スイッチは切ってあるものの、やはり、性感は昂るのだろう。由起子は湧きあがる快感をぶつけるように、民雄のイチモツを握り、しごいている。

民雄は考えていたことを実行することにした。

「先にトイレに入っていてくれないか？　すぐに、行くから」

耳打ちすると、由起子がエッというように、肉棹をしごく手を止めた。

「それって……？」

「ああ、たぶん、由起子さんが今思い浮かべたことだ。それをしたいんだ。京都に近づけば、きっとトイレに立つ人が増える。今しかないんだ」

「これを入れたままで、行くの？」

「ああ……」

由起子は黙って何か考えていたが、やがて、心を決めたのか、席を立ち、民雄の前を通って通路に出た。

　ふらつきながら前の車両との間にあるトイレに向かう。

　民雄は逸《はや》る気持ちを抑えて、少し待ち、立ちあがった。

　通路を歩いていくと、ドアに男女、車椅子、幼児のマークのついたトイレがあり、使用中の赤いランプが灯っていた。

　周囲を見まわして人影がないことを確認し、ドアをかるくノックする。すぐにドアが開いて、由起子がこちらを見た。

　民雄はするりと体を入れて、ドアを閉め、ロックをする。

　トイレとしては広く、清潔な空間の奥に洋式便器があり、手前に赤ん坊のオムツを替えるためのスペースと洗面台がある。そして、壁には身体障害者用の手摺りが張り巡らされている。

　その前で、スーツ姿の由起子が悄然《しょうぜん》と佇《たたず》んでいた。

　抱きしめておいて、耳元で言った。

「悪いけど、咥えてくれないか？」

　まだ、イチモツは挿入できるだけの硬さにはなっていなかった。

　由起子も欲望がぎりぎりまで高まっていたのだろう。

前にしゃがみ、待ちきれないとばかりにズボンとブリーフを膝までおろし、転げ出てきた肉棹を握り込んできた。

勃起途上のものをしごきながら、頬張ってくる。

あまり時間をかけては怪しまれると思っているのだろう、力強く茎胴を擦りながら、あまった部分に唇をかぶせて、素早く往復させる。

分身に一気に力が漲るのを感じながら、民雄はまたコントローラーのスイッチを入れる。

ビクッと腰を震わせて、由起子はフェラチオをやめた。おそらく、つづけられないのだ。いったん吐き出して、下腹部に頬を擦りつけ、くなり、くなりと腰を揺らめかせ、

「ああ、坂巻さん……」

と、哀切な目を向ける。

「どうした?」

「……これが、欲しいわ。だって、乗ったときからずっと……」

「わかった。もし少しだけ頼むよ。すぐにするから」

言うと、由起子はうなずいて、いきりたちを咥え込んでくる。

顔を斜めにして唇をスライドさせるので、亀頭部が頰の内側を擦って、由起子の頰がリスの頰袋のようにふくらむ。

頰張ったまま顔を向きを変えて、反対側の頰粘膜を擦りつけてくる。

随分と達者になったように感じるのは、気のせいではないだろう。

きっと、自分に自信が持てるようになって、それとともに様々なチャレンジができるようになったのだ。

「こっちを見て」

言うと、由起子は頰張ったまま見あげてくる。

黒目勝ちの目を向けて、視線を合わせながらも、右手で肉茎をつかんで強くしごきあげてくる。

夢のような瞬間だった。

怪しまれているのではないか、という不安感もある。だが、新幹線のトイレで分身をしゃぶってもらっているという僥倖は、その数倍の至福感をもたらしていた。

ズリュッ、ズリュッとしごかれると、もう待てなくなった。

「いいよ。ありがとう」

由起子が口許についた唾液を拭いながら立ちあがった。

手摺りの走る壁に押しつけて、その前にしゃがみ、片足を持ちあげさせる。

ドキッとするような妖しい光景だった。

どぎつい赤いシースルーのショーツの中心部分が、丸く開口していて、黒々とした繊毛の翳りとともに、女の亀裂が涙のような蜜の雫《しずく》を内腿に滴らせている。

そして、陰部が微妙に震動して、どろどろに溶けた狭間からコードが伸びている。

コードをつかんで、ぐいと引っ張った。

だが、ローターはみっちりと埋まり込んでいて、容易には取れない。再度試みると、とば口がひろがって、黒いローターが姿を見せた。

「ぁああうぅぅぅ……くっ」

由起子がいきむと、砲弾形のバイブレーターがちゅるっと押し出されてきた。

スイッチを切って、どろどろと白濁した蜜を付着させたローターを、スーツのポケットにしまった。

それから、立ちあがって、右手で由起子の左足を腰まで持ちあげた。

切っ先で肉穴に狙いをつけて、慎重に突きあげていく。

硬直が熱い坩堝に嵌まり込み、

「ぁあぁぁぁ……」

由起子は民雄の肩に手を置いて、顔をのけぞらせる。

熱いと感じられる肉襞がうごめきながら、分身にからみつき、民雄も悦びに酔いしれた。

民雄ももう六十三歳。由起子と出会っていなければ、できない体験だった。そして今後はおそらく二度とできないだろう。

由起子の片足を持ちあげながら、ぐいぐい突きあげる。

潤滑油で満ちてはいるが、まったりとした肉路をこじ開けていくと、下腹部に甘ったるい愉悦が溜まっていく。

由起子は顔をのけぞらせ、喉元をさらして、洩れそうになる声を必死に押し殺している。

「うっ……うっ……うっ……」

トイレ内に低く流れる女の呻きが、民雄をさらに昂らせる。

腰を叩きつけるにつれて、ズボンがさがって足元にまとわりつく。

かまわず打ち込むと、由起子は懸命に声を押し殺しながら、高まっていく。

持ちあげられた足がブランコのように揺れて、爪先から白いパンプスが脱げかけていた。

強い揺れはなく、走行はスムーズだ。だが、新幹線は時速二百キロ以上の高速で線路の上を走っているのだ。そして、自分は高速で移動する密室で、由起子を貫いている。

あまり時間をかけては、マズいのは充分に承知している。今も、外でトイレが空くのを待っている人がいるかもしれない。

だが、この体位では射精できなかった。

民雄はいったん接合を解いて、ふらふらの由起子に後ろを向かせて、洋式トイレの便座につかまらせる。

クリーム色のスカートをまくりあげて、腰を後ろに突き出させた。

赤いシースルーのパンティが腰に張りつき、尻の中心も丸く開口して、そこから尻たぶのあわいと、口をひろげた女陰があらわになっている。

蜜に濡れた屹立を手で導き、一気に埋め込むと、

「くっ……！」

由起子が低く呻いて、便座を握る手に力を込めた。

力を振り絞って、怒張を叩き込みながら、

「由起子さん、気持ちいいか？」

聞くと、

「はい……気持ちいい。すごく気持ちいい」

由起子が答えたので、民雄も体の底から喜悦が込みあげてくる。

腰を引き寄せて強く押し込むと、たっぷりとした尻が下腹を押し返してきて、そのしなるような弾力が心地よい。

パチン、パチンとトイレのなかで、肌があたる音が爆ぜ、

「うっ……うっ……うっ」

押し殺した由起子の低い呻きが混ざる。

民雄も徐々に追い込まれていった。

やはり、由起子はこういう危険性のある状況に昂るのだろう。蕩けた肉路がみっちりと肉棹を締めつけ、そこを往復させるたびに、甘い疼きが急速にひろがってくる。

「ぁああ、ぁああ……イキそう。イキそう」

由起子が逼迫した様子で、訴えた。

「新幹線のトイレで、由起子は気を遣るんだな？」

突きながら言葉でなぶると、

「はい……由起子はへんなの。トイレでイッてしまう」

「いやらしい女だ。露出狂だ。淫乱な女だ」

「そうなの。由起子はおかしいの。気持ちいい。気持ちいい……ぁあぁぁ、イク。ほんとうにイク……！」

がくっ、がくっと膝を落として、由起子が悲鳴に近い声を放った。

「俺もイクぞ。俺も……おおぅぅ」

後ろに突き出された尻めがけて、渾身の力を込めて打ち据えると、

「イクぅぅ……はうっ！」

由起子は子宮から絞り出したような絶頂の声をあげ、のけぞったまま、がくん、がくんと身を躍らせる。

駄目押しとばかりに奥まで貫いた瞬間、民雄もしぶかせていた。

切っ先から溶岩流が迸《ほとばし》る、身震いしたくなるような峻烈な射精感が全身を貫いた。

下腹部を尻に押しつけながら、民雄は自分がこの世界から遠くへ飛んでいくようなエクスタシーにとらわれていた。

第七章　連携プレー

1

米倉のマンションで行われた『熟年痴漢クラブ』の会合で、民雄はメンバーに由起子との出来事を報告していた。

優先席での出会いから、再会。そして、痴漢とその後のセックス。

それによって、由起子の不感症気味だったセックスライフが改善されて、婚約者との関係も修復し、先日、別れる前の最後の京都旅行をしてきた。

新幹線のグリーン車でおこなったことを告げると、

「ほう、坂巻さんもやるじゃないか。これで、あなたも我が『熟年痴漢クラブ』の立派な会員だ」

米倉に褒められて、民雄はくすぐったいような妙な気持ちだ。

「で、京都では存分に最後のセックスを愉しんだわけだな？」

「はい、まあ……混浴の露天風呂で二人で入って、したりしました」

「羨《うらや》ましいぞ。燃えたでしょ？」

林が身を乗り出してくる。

「ええ。彼女は普通に布団のなかでやるのは、どうも感じないようでしてね」

「彼女、露出狂だね。他人の気配を感じると、燃えちゃうってやつ」

「そういう傾向はあると思います。個室喫茶でも、覗かれながら派手にイキましたから」

「おいおい、坂巻さん。あんた、そうとう恵まれてるよ」

林が羨ましそうに言う。

「いえいえ。上手くいったのは、今回だけで。みなさんのように豊富な体験を持っているわけじゃありませんから」

「そうではないんです。貴重な体験をどれだけできるかです。回数じゃありませんよ」

元教師の国枝が眼鏡の奥の目を光らせて、穏やかだがきっぱりと言う。

「で、坂巻さん、その彼女とはどうなの？　完全に別れた？」

よほど気になっているのか、林がしつこく聞いてくる。

「はい。会わないようにしています。彼女と同じ通勤電車に乗らないようにしています。それに、彼女、間もなく結婚して住所が変わるので」

「ダンナの住んでいるところに行くってわけか？」

「ええ」

会話を交わしながら、民雄は気分が落ち込むのを感じた。

若い頃に経験したことでずっと忘れてしまっていたのだが、失恋すると、こんな気分だったような気がする。

「いい経験をなさった。下手に会わないほうがいい。このまま、あなたの胸にとどめておけば。宝物のような素晴らしい思い出になりますよ」

最年長の宮田が訳知り顔に言う。

一瞬会話が途切れて、米倉が言った。

「先日、我々の仲間がまたあの秘書にやられたらしい。触っているところを手をむんずとつかまれて、鉄道警察に突き出されたようだ」

米倉が言ってる秘書とは、少し前に、民雄が痴漢で捕まりそうになったあの女のことだ。

「目に余るから調べてみた。彼女の名前は緒方響子《おがたきようこ》で、二十九歳。一流商社であるT商事の秘書室勤務をしている。独身で、彼女が秘書をしている常務取締役の首藤俊久《すどうとしひさ》が愛人らしい」

「よく調べましたね」

国枝が感心して言う。

「昔の仲間で、盗聴、盗撮機器会社の社長がいてね。彼のコネで興信所に調べてもらったんだ」

思い出した。米倉は精密機器会社に勤めていたのだった。

「独身だろうとは思ってたよ。きっと満たされないセックスの腹いせをしているんだろうなって……だけど、常務の愛人がいるとは意外だったな」

林が首をひねった。

「その重役と、何か上手くいかないことがあるんじゃないでしょうか?」

国枝が意見を言う。

「さすが、国語教師だ。お察しのとおり。調査員によれば、常務には他にも愛人がいて、どうもそっちのほうに気が行ってるらしいんだ」

林が、米倉の言葉に反応した。

「そうか。それで、響子は放っておかれてるから、その鬱憤を晴らそうとして、あんなことを……」

「それ以外にも、昔、痴漢にひどい目に遭ったとかもあるんだろう。あの美貌だからな……しかし、それを差し引いても、あのやり方は許せん。自分から誘っておいて、いきなり、だからな」

米倉が全員を見渡して、言った。

「そこでだ、これは真面目な提案なんだが……あの女、緒方響子をみんなでやっつけないか？」

「やっつけるって、具体的には？」

国枝が眼鏡を光らせる。

「集団痴漢だよ」

米倉の言葉に、全員がエッという顔をした。

「朝の通勤電車内か、帰りか、それとも、違う場面を狙うか……それは後でじっくりと案を練るとして、ここにいる者全員であいつをボロボロになるまで痴漢するんだ。今いる五人で取り囲んでだな……」

「寄ってたかって状態ですね？」

林がにたっと笑った。

「そういうこと。嬲ってやるんだ。とことん嬲って、あいつに男のすごさを思い知らせる。そして、反省させる……どうだ？」

「俺はやりますよ。ああいう痴漢の敵をのさばらしておいたんじゃ、『熟年痴漢クラブ』の名がすたる」

林が真っ先に賛成した。

「……国枝さんは？」

「具体的にいい方法が見つかれば、やりたいね」

国枝が答えた。曖昧な言い方ではあるが、賛成したようなものだ。

「宮田さんはいかがですか？」

「基本的には賛成だ。だが、私は年寄りだから、かえって足手まといになる。他の者でやったらいい」

「しかし、どうせやるなら、宮田さんにも参加していただきたい。そうだ、監視役をやっていただけませんか？」

米倉の提案を受けて、

「うむ……引き受けようじゃないか」

長老の宮田が承諾したので、民雄もいやとは言えなくなった。

「坂巻さんもやってくれるね？」

「ええ……宮田さんも参加なさるんだから、私がいやだと言うわけにはいかないでしょう」

「あんたも、由起子のことで落ち込んでいるようだし、憂さ晴らしをしたらいい
……よし、やろう」

米倉が膝を叩いて立ちあがった。

「で、具体的にどうするかだが……」

米倉の周りを四人が取り囲んだ。

2

その朝、五人は待ち合わせをして、T駅の改札口に集合した。

響子が、T駅発七時二十九分の普通電車に乗ることは、興信所の調べでわかっている。すでにシミュレーションまでして、どう落とすかの段取りはできていた。

五人は仲間だと知れないようにそれぞれ、新聞を読んだり、ケータイをいじっ

ていたが、しばらくすると、緒方響子がハイヒールの音をコツコツ言わせて、やってきた。

削いだようにウエストの絞ったジャケットの下にはウイングカラーのブラウスを身につけ、スカートは膝上十五センチのミニだが、いつものようにスリットが入っている。

すらりとした長身で、センスのいい黒のショルダーバッグを肩にかけ、背筋を伸ばして歩くさまは、まさに、デキる女そのものだ。

響子が改札を通過するのを見て、五人もすぐに後を追う。

ホームに立つと、電車がやってきて、乗客とともに響子が乗り込み、それを追うようにして、五人も「戦場」へと勇躍乗り込んだ。

響子が相変わらず芋洗い状態の車両を、乗客をかきわけるようにして半ばほどに進む。それを見て、五人も後につき、響子をさり気なく取り囲む。

響子と向かい合っている者はいない。正面には林が背中を向けて立ち、後ろには米倉が陣取り、響子の左側には国枝が、右側には民雄が立つ。

米倉と民雄はこの前の痴漢騒ぎで顔を知られているのだが、後ろと横にいるから、すぐには気づかれないだろう。

そして、長老の宮田は少し離れて、全体が見渡せるところで、周囲に警戒の目を光らせている。宮田はいざというとき、ビデオの撮影であると乗客を納得させるために、ビデオカメラを携《たずさ》えていた。

上りの普通電車が動き出した。終点のS駅まで約三十分。その間に、決着をつけなければいけない。

打ち合わせ通りに、まず米倉がヒップを撫ではじめた。響子の背後にぴたりと張りつき、右手でヒップを撫でまわす。

ビクッと、響子が震えた。

痴漢の手を感じて、「来た！」と内心でほくそ笑んでいるのだろう。

米倉はスカートのスリットから右手を入れて、尻や太腿を撫ではじめた。

まずは触らせておいて、その後で「この人、痴漢よ」と摘発するのが響子のやり方である。

しばらくすると、案の定、響子は足を肩幅に開き、もっと触ってと言わんばかりに、腰を後ろに突き出した。

すでに米倉の指はパンティの基底部に届いて、巧妙にさすっているはずだ。

そのとき、林が右手を後ろにまわし、スカートの上から響子の下腹部に手を伸ばした。

いつもと違う状況に、響子の身体がハッとこわばるのがわかる。

だが、こんなのまだオードブルだ。これで驚かれては困る。

国枝と民雄はほぼ同時に、体の向きを変え、響子のほうを向く。

国枝が眼鏡のレンズを光らせて、響子の脇腹から胸のふくらみにかけてなぞりはじめた。

それを見て、民雄も響子の右側面に手を這わせる。

響子は民雄が以前に痴漢で突き出そうとした男であることに気づいていないようだ。

だが、明らかに何か想定外のことが起こっていると、察知したのだろう。

腰をひねり、四人の手を振り払おうとする。

民雄の出番がやってきた。

ケータイを取り出して、あらかじめ設定しておいたその画面を響子に見せる。

響子のアーモンド形の目がカッと見開かれた。

ケータイの画面には、響子がその愛人である常務取締役と、車のなかでキスをしている写真が映し出されている。

写真の画像を切り替える。画面には、響子と常務がホテルの一室に入っていこうとする瞬間が映っていた。

響子の表情がこわばるのがわかった。

それから、民雄はあらかじめ作っておいたメモ帳の画面を開く。そこには、こう書いてある。

「緒方響子（29歳）T商事秘書室勤務。常務取締役、首藤俊久と二年前に肉体関係を結ぶ。すなわち、愛人で不倫関係。

証拠は揃っている。この事実を公開されたくないなら、我々には逆らうな。すべてを受け入れなければ、この写真をはじめとする不倫の証拠を首藤の妻、並びに、おたくの社長に送りつける。すでに、添付写真付きのケータイメールが作ってある。送信ボタンを押すだけで、お前は地獄に落ちる。周りを見てみろ。すべてがお前の敵だ」

スクロールして読ませると、響子は可哀相なくらいに顔を引き攣らせながら、周囲を見まわす。

ケータイを見せた民雄を首謀者だと思ったのか、民雄を険しい形相でにらみつけてきた。

林が混雑したなかで体の向きを変えて、響子と向かい合った。

太った赤ら顔でにたっと笑い、いきなりスカートのなかに右手を潜り込ませる。

響子が逃れようとして、腰を後ろに引いた。だが、背後には、米倉がいる。

「くっ……！」

米倉が後ろからぐいと、太腿の奥をなぞりあげたのがわかった。

「んっ……！」

前と後ろから攻められて、響子は腰を横に逃がそうとする。

だが、サイドには、国枝と民雄がぴったりと張りついている。

逃げ場を失い困惑している響子に、四本の手が襲いかかる。

前と後ろから手を差し込まれて、すでにスカートはまくれあがっていた。

民雄はまずは左手で、腰から尻のラインにかけて撫でて、その優美な曲線を味わった。細く絞り込まれたウエストから急激にふくれあがったヒップのカーブがとてつもなくセクシーである。

きっと、首藤は部屋でこの尻を撫でまわしているのに違いない。男にそうさせずにはおかない挑発的な尻である。

それから、民雄は右手をスカートのなかに忍び込ませる。

この前のように、太腿の途中までのストッキングを穿いていて、その上になめらかな太腿の素肌が感じられた。男の腕が二本後ろから前から入り込み、パンティの底を這いまわっている。

基底部はすでに横にずらされ、男の指が前後から、じかに肉の唇をいじっているのだ。

肉の切れ目をなぞっていた林の中指が、ずぶりっと体内に沈み込み、

「うぐっ……！」

響子は林の腕をつかんで、低く呻いた。

この前の傲慢な響子とは違って、どうしていいのかわからないといった困惑の表情をしている。

女陰の様子を知りたくて指を伸ばすと、後ろからもゴツい指が膣内に嵌まり込んでいた。米倉の指である。

この前、民雄が林とともに同じような痴漢のやり方をした。だが、今回は二人ではなく、左右からも痴漢の触手が伸びているのだ。

耳を澄ますと、くちゅくちゅという淫靡な音が聞こえる。そして、林と米倉は交互に指のピストン運動を繰り返している。

民雄も前から差し込んだ手のひらで鼠蹊部を柔らかくさする。

「や、め、て……」

切れ切れに言って、響子が前と後ろの手をつかんで引き剝《は》がそうとする。

だが、それでやめるような二人ではない。

民雄は手を替えて、左手を尻から潜り込ませて、右手をそろそろとあげてジャケットの前から胸元に差し込んだ。

襟が紙飛行機の翼のように立ったブラウス越しに胸のふくらみを揉みしだく。

見た目以上のたわわな感触が手のひらを押し返してきて、響子がキッとにらみつけてきた。

恨みのこもった視線に萎縮しながらも、みんなに遅れを取ってはならない、と胸のふくらみをやわやわと揉む。

と、そこに反対側から国枝の手が伸びてきて、二人は息を合わせて、二つの乳房を揉みしだく。

響子は肘で突いて、民雄や国枝を突き放そうとする。

胸を突かれた痛みで、この女を辱《はずかし》めてやるという気持ちが起きた。

周囲を見渡しておいて、ブラウスのボタンに手をかける。

上からひとつ、ふたつと外し、ゆるんだ胸元に右手をぐいとすべり込ませた。

その手を押し退けながら、響子が今度はハイヒールで民雄の足を踏みつけようとする。

気配を感じてとっさに足を逃がし、さらに奥まで差し込んだ手で、ブラジャーごと乳房を鷲づかむと、

「く……ッ！」

響子は低く呻いて、身体を硬直させた。

怯んだ隙に、民雄はブラ・カップの上端から右手をすべり込ませた。

たわわな乳房と中心に尖ったものを感じて、突起を指で挟んでくりっとこねると、

「あっ……！」

響子は顔を撥ねあげ、さらに、それを恥じるようにうつむいて、唇を噛む。

ブラジャーのなかは熱気がこもり、なめらかな乳肌はじっとりと湿っていた。

柔らかく張りもある乳房を揉み、頂上の突起をくりっ、くりっと転がすと、

「あっ……あっ……うぐ……」

響子は洩れそうになる声を懸命に押し殺した。

二十九歳の女盛りで、年上の愛人に充分にセックスを叩き込まれているだろうから、身体は開発されているはずだ。

幾分柔らかかった乳首がしこってきて、明らかに硬いと感じられる肉突起が指の間で面白いほどによじれる。

そして、民雄の左手は、米倉と林の指が縦横無尽に潤みを蹂躙《じゅうりん》する様子を感じ取っていた。

ぐちゅ、ぐちゅと音が聞こえるほど激しく、男の指が前と後ろから濡れ溝に叩き込まれ、雌の発情を示す蜜が滴って、民雄の手をも濡らす。

タイトなスーツに包まれたすらっとした長身が、がくっ、がくっと揺れはじめた。正面に立っている林のほうに身を寄せたかと思うと、次には、後ろに立つ米倉に背中を預ける。

深くうつむいて何かをこらえていたが、顔が少しずつあがりはじめ、米倉に身をゆだねるようにして顎をせりあげる。

民雄は指先で乳首に甘やかな愉悦を送り込みながら、美しくも淫らな横顔に見とれていた。

3

米倉が右手で合図をしてきた。

あれをしろ、というのだ。その前に、民雄は要注意人物の有無を確かめるために、背後の宮田を振り返った。

周囲を見張っていた長老の宮田が、指で一角を指し示す。国枝の後ろに長身の痩せたサラリーマン風の中年紳士が、何か言いたげにこちらを見ていた。

うなずいて、民雄は米倉に指で要注意人物をそれとなく示した。

長身の男に気づいて、米倉は左手を口許に持っていって、「ウ、ウウン」とわざとらしい咳払いをし、険しい目で男を見た。

それを、見るなという忠告と受け取ったのだろう、紳士が車窓のほうに顔を向けた。

民雄が再度、宮田を振り返ると、今度は「大丈夫だ」というように、宮田が大きくうなずいた。

心臓の強い鼓動を感じながら、民雄はポケットに忍ばせておいたバイブを人目につかないように取り出した。

透明シリコンでできたリアルな大型バイブで、根元に埋め込まれた十数個のパールが回転しながら膣の浅瀬を刺激し、矢印形にふくらんだ先端がくねくねと旋回する形のものである。

リモコンは付いておらず、根元をねじればスイッチが入るようになっている。この大役を仰せつかったときは、自分には無理ですと遠慮したものの、米倉には「新幹線でローター使ったくらいだから、充分にできるよ」とかるく一蹴されてしまった。

大型バイブを太腿の間に持っていくと、林がカッターを使ってパンティのサイドの細い自分を切断し、布切れと化したパンティを抜き取った。

響子が必死に腰を逃がそうとするのを、二人が前と後ろから懸命に押さえ込む。米倉が背後から、響子の耳元で何か囁いた。「写真が……」という声が聞こえる。やはり、首藤との関係をばらされるのだけはしたくないのだろう。響子の抗いがやんだ。

民雄はバイブの頭部をとば口に添えて、静かに押していく。

シリコンのリアルな亀頭部がとば口をとらえ、そのままぐっと強引に押しあげると、大型バイブが膣の圧迫感を撥ね除《の》けるようにして潜り込み、

「うあっ……!」

響子が凄艶《せいえん》に喘ぎ、Oの字に開いた唇をわなわなと震わせる。

グロスにぬめる薄い唇が車内の照明にぬめ光るのを見ながら、民雄はバイブが押し出されないようにと根元に力を入れる。

それでも、バイブがひくひくっと動いて、押し出されそうになる。

先日は新幹線のグリーン車でローターを女体に埋め込んだ。だが、それは半ば合意のもとでしたことであり、今していることとは全然違う。

民雄は車内で女の膣に分身を打ち込んだような錯覚に陥った。

ひどく昂奮して、分身が一気に力を漲らせる。

女の右サイドにくっつき、スカートのなかに差し込んだ右手でバイブをゆったりと抜き差しする。

強い圧力を押し返すようにして抽送すると、響子は自分がされていることが信じられないとでもいうように首を左右に振る。

だがそれをつづけるうちに、

「うっ……くっ……」

と、洩れそうになる声を押し殺して、顔を上下させる。

長さ十八センチ、太さ四センチの巨根バイブが体内をえぐっているのだ。響子が受けている衝撃はいかばかりだろう？　それを想うと、得体の知れない震えがせりあがってくる。

根元をひねってスイッチを入れた。

ヴィーン、ヴィーンと低い唸りのようなモーター音がかすかに聞こえ、バイブを持つ手にもその震動と動きが伝わってくる。

今、シリコンバイブは膣の奥のほうを頭部がくねりながら押し広げ、浅瀬を回転する無数のパールが襲っているはずだ。

響子の肢体ががくっ、がくっと震え、膝が落ちかかる。

国枝が嵩にかかって、乳首をこねているその指づかいが見える。ブラジャーからのぞく、白いふくらみとココア色の乳首が見え隠れしている。

そして、背後から米倉がここぞとばかり尻を撫でまわし、長い髪が分かれるうなじに、熱い息を吹きかけながら、いやらしく舐めている。

「うっ……あっ……」

喘いでしまった自分を認めるのがいやとばかりに、響子が首を左右に振った。うつむいて、手の甲を口に持っていき、懸命に声を封じる。

だが、民雄がバイブをかるく抜き差しすると、

「うあっ……うぐ、ぐぐ……ぁああうぅぅ」

顔をのけぞらせ、米倉に背中を預ける。

無防備になった身体の前面を、林が大胆にまさぐる。

まさに寄ってたかって状態である。

周囲の乗客には、何が行われているか薄々気づいている者もいるはずだ。

だが、この異常な集団痴漢に圧倒されてしまっているのか、咎めようとする者はいない。それどころか、男性客の多くは目をギラつかせ、息を呑んで、その光景を見守っている。

モデルのようなすらっとした美貌の女が、痴漢されて身悶えをしているのだから、おそらく最後まで見届けたいと感じているのだろう。なかにはかつてこの女の犠牲になった者もいるかもしれない。

「ヴィーン、ヴィーン」

低い羽音のような震動音が立ち、響子は「あっ、くっ……」と必死に声を押し殺しながらも、ぶるぶると震えている。

バイブを最奥まで押し込むと、

「くっ……くっ……」

響子は前に立っている林の腕をぎゅとつかんで、顔をのけぞらせる。

流れるような黒髪がかかる美貌は妖しく上気し、合わさった長い睫毛が小刻みに震えている。高い鼻梁がかかり半開きになった唇がセクシーだ。

そして、民雄のバイブをつかむ指は、膣のうごめきとおびただしく流れ出す蜜のぬめりを感じ取っていた。

林が動いた。

響子の手を取って、ズボンの股間に導いた。

いつの間にかファスナーがおろされ、開口部からハッとするような厳《いか》めしい顔の野太い肉棹が反りながらいきりたっていた。

引き寄せられて、響子はいったん手を離した。もう一度押しつけられて、今度は太棹をしっかりと握った。

仰角に持ちあがった肉の柱を、親指を下にした形で握りしめて、きゅっ、きゅっとしごく。

林は、枝垂れかかる黒髪をかきあげてやり、あらわになった響子の表情を目を細めて眺めている。

抜けて落ちそうになったバイブを、民雄は手に受けてスイッチを切り、ポケットにしまった。

そのとき、米倉が背後から目配せをしてきた。

意味するところを察知して、民雄は左手でズボンのファスナーをおろす。

ブリーフは穿いてきていない。ここにいる全員がパンツを穿いていない。ノーパンのほうが肉茎をさらすときに、手間がかからないからだ。

国枝は躊躇していたが、ここはやるしかないと思ったのか、同じように肉茎をさらす。

林が響子の手をつかんで、民雄のほうに押しやった。民雄はその手を肉棹に誘導する。

もう、響子は驚かない。それが当然とでもいうように、民雄の勃起を握り込んでくる。親指を上にして、ゆったりとしごきだした。

それを見て、国枝が響子の左手を自分の股間に導いた。

民雄にも、国枝のそれが六十過ぎとは思えない角度でいきりたっているのが見えた。そして、響子は左手で肉の棹を握り、きゅっ、きゅっとしごく。

信じられない光景だった。

一流企業のプライドの高い秘書が、車内で左右の男の屹立を握りしごいているのだ。

米倉が背後から抱え込むようにして、胸のふくらみを荒々しく揉みしだいている。

ブラジャーの上端から右手をすべり込ませて、乳首をいじる。

また、乳房を鷲づかみして、揉みしだく。

そして、響子は痴漢集団に身を任せて、悩ましい表情をさらしている。

いくら愛人の件で脅されているとはいえ、このゆだね方を見ていると、もともとこういう願望が響子のなかにあったのではないか、と思ってしまう。

だから、痴漢に身をゆだね、途中で豹変して摘発するようなことをしたのではないか？

そう考えると、これまでの響子の行動が納得できる気がする。

響子の細くてすらっとした指が硬直にからみつき、強弱をつけて擦ってくる。

テクニックの問題ではない。今車内で美人秘書にペニスをしごかせているという状況が、民雄を昂らせるのだった。

じっとりと汗ばんだ女の手のひらのなかで、分身が血管を浮かびあがらせ、ひと擦りされるたびに、若者のそれのように頭を振った。

4

米倉が後ろから響子の耳元で何か囁いた。

響子が一瞬身体をこわばらせ、いやいやをするように首を振った。

もう一度、米倉が耳打ちする。

（ほんとうに、あれをやらせるつもりなんだ）

響子は唇を噛んで首を振っていたが、やがて、やるしかないと心に決めたのか静かにしゃがんだ。

ちょうど目の前には、林の屹立がいきりたっている。

響子は何かを振り切るように、それに唇をかぶせた。

茜色にてかつく亀頭部を一気に含み、そこでいったん動きを止めた。米倉にせかされて、ついに顔を打ち振りはじめた。

尖らせた口で林のものを頬張りながら、右手では民雄の肉茎を、左手では国枝の勃起を握りしごいている。

周囲がざわめきはじめた。

それはそうだろう。美人が電車のなかで床にしゃがみ、三本のペニスを相手に奮闘しているのだから。とはいえ、それはあくまでも一部であり、全員の目に映っているわけではないから、ざわめきの理由を知らない客も多いはずだ。

監視係の宮田が何か起きる前にふせごうとして、周囲に炯々《けいけい》とした眼光を注いでいる。

民雄も気を配る。

国枝の後ろの中年紳士が、車内でしゃがんでフェラチオをする女をギョッとしたように見つめている。だが、すでに止めようという気はないようで、滅多に見られない光景を目に焼きつけておこう、とそんな表情をしている。

ケータイを見ていた大学生くらいの女の子が、響子に何か汚いものでも見るような目を向けている。入社したてだと思われるリクルートスーツを来た若い男が、啞然として車内でのフェラチオを眺めている。

だが、止めようとする者はいない。まさかの出来事に呆気に取られている感じだ。人はあまりにも想定外のことが起こると、どう判断していいかわからずしばし呆然とするものらしい。

その間にも、周囲を人の壁で護られた響子は、何かにせきたてられるように林の肉棹を頬張り、激しく唇をすべらせる。

満員電車のなかでここだけがエアポケットに落ち込んだようだ。

響子の首を振る速度があがり、林が天井を仰ぎはじめた。それから、林は「くっ」と呻いて、体を痙攣させた。

射精したらしい。

響子が肉茎を口に含んだまま、こくっ、こくっと喉を鳴らした。精液を呑んでいるのだ。

匂いだってあるし、ここで精液を吐き出すわけにもいかないのだろう。

米倉に指示をされて、響子は身体の向きを変え、民雄のほうを向いた。

いきりたつ民雄の硬直に顔を寄せて、一気に頬張ってくる。

まったりとした唇と温かい口腔に包まれて、民雄は出そうになった呻きを必死に抑えた。

信じられなかった。満員電車で女にフェラチオしてもらっているのだ。

酔いしれながら見ると、響子はさっきと同じように、左右の手を使って、林と米倉の勃起を握りしごいている。

言いなりになって男たちに奉仕をするその姿からは、もはや、あのときの強気な面影は消えている。

民雄はすべすべした黒髪を撫でさすってやる。髪は柔らかくて、頭の形までがはっきりとわかる。

そのとき、電車がスピードを落として、停車駅で停まった。もう、いくつ駅を過ぎただろう。痴漢をはじめてから、すでに二十分ほど経っている。

だが、車両半ばのこの場所は、乗客の乗降にはほとんど関係ない位置である。

それでも、電車が停まっている間は不安なのだろう。響子は口の動きをぴたりと止めている。

また、電車が静かに動き出すと、さっきのように顔を振りはじめる。

下を見ると、尖った唇が勃起にまとわりつき、往復するたびに微妙に形を変えて、長い睫毛も瞬きで開閉する。

また髪を撫でてやると、響子が見あげてきた。

先端を頰張ったまま、上目遣いに民雄を見る。目尻の切れあがった目はすでにとろんとして焦点を失っていた。もたらされる快楽によって我を失っている目だ。

おそらく、響子の意識も現実を越えて、どこか別次元のところにいってしまっているのだろう。

冴えざえとした美貌の秘書が色惚《いろぼ》けしたような姿を見せる、そのギャップに、民雄は頭の芯が痺れるような昂奮を覚えた。

電車がカーブにさしかかって、響子も民雄も揺れて傾ぐ。だが、響子は倒れそうになりながらも、二本の肉棹をつかんでバランスを取り、執念さえ感じられるやり方で、民雄の屹立を頬張りつづける。

響子の一心不乱な口唇愛撫に、民雄も高まってくる。

それを感じたのか、響子は右手で民雄の肉茎を握ってきた。

電車の床に片膝をつき、スカートからむっちりとした太腿をのぞかせ、右手で根元を強く握って、つづけざまに擦ってくる。

根元を強くしごかれ、亀頭部を頬張られると、甘い疼きが一気にひろがった。

(気持ち良すぎる……出るぞ)

心のなかで叫んだ次の瞬間、それが喫水線を超えた。

「くっ……」

歯を食いしばって、腰を突き出した。

分身が響子の喉を突きながら、弾ける。

体中に痺れが走るような芳烈な快感が、体の中心を貫いた。

S駅到着まであと五分しかない。

米倉は響子を向かい合う形で、自分の正面に立たせた。すると、林が背後から響子を抱えるようにして、右足を腰まで持ちあげさせた。

(この形は……まさかな……)

車両のなかで、挿入行為をする計画などなかったはずだ。

だが、米倉はやるつもりらしい。猛りたつものをスカートの奥へと導いた。

響子は長身でハイヒールを履き、米倉は背が低い。だから、位置がぴたりと合うのだろう。次の瞬間、

「くっ……!」

響子が顔をのけぞらせながら、低く呻いた。

(入れたんだな……!)

米倉はすらりとした肢体を正面から抱きかかえるようにして、くいっ、くいっと腰をつかう。

信じられなかった。いくら複数で痴漢しているとはいえ、車内で女体を貫くとは——。

するほうもするほうだが、やられるほうもやられるほうだ。

だが、その姿は見ている者に、圧倒的な昂奮をもたらした。

体がぞくぞくしている。頭の芯が射精している。ドクッ、ドクッと絶頂を示す衝撃波が放たれている。

米倉はのけぞるようにして、腰を突きあげていた。そして、響子はもう周囲のことなど気にならないといった様子で、小柄な米倉にしがみつき、

「うっ……うっ」

と洩れそうになる声を、口許を肩に埋め込んで押し殺している。

林によって持ちあげられた右足は、黒のハイヒールが脱げかけていて、突きあげられるたびに揺れて落ちそうになる。

それでも、響子は必死に米倉にしがみついている。

周りの乗客も今何が行われているのか、これでわかったはずだ。なぜ騒がないのだろう? それどころか、五人の周囲から乗客が退いている。

ふと見ると、宮田がビデオカメラを手にして、こちらに向けている。

(そういうことか……)

乗客はＡＶか何かのゲリラ撮影が行われていると思って、迷惑だなと感じつつ

も、映り込みたくないから遠ざかっているのだろう。

「うっ……あっ……あっ」

異様な雰囲気のなかで、響子の抑えきれない喘ぎだけが、聞こえる。

S駅到着まであと一分もあるだろうか。米倉が時間をわかっているかのように激しく強く腰を律動させた。

「あ……あっ……いやっ……いや、あうぅぅぅぅぅ」

響子がさしせまった喘ぎを長く響かせた。米倉がぐいと突きあげた次の瞬間、

「はうっ……！」

響子の美貌がのけぞりかえった。

米倉に抱きつきながら、がくん、がくんと震えている。

イッたのだ。気を遣ったのだ。

民雄は一生に一度見られるかどうかの貴重な光景を目の当たりにして、感激しつつも呆然としていた。

やがて、電車が速度を落として地下に潜り、S駅構内のプラットホームで完全に停止した。

左右のドアが開いて、客が降りはじめた。

米倉もようやく結合を外して、響子から離れた。

するとと、響子はつっかえ棒を失ったようにふらふらして、座席に座り込んだ。座席に手をついて、はあはあと肩で息をしている。

他の乗客がすべて降りたところで、米倉が言った。

「痴漢を誘って、摘発するような真似はもうよすんだな。つづけるなら、あんたと常務の写真をばらまくからな。わかったな？　返事は！」

すごまれて、響子が小さくうなずいた。

「よし、それでいい。この誓いを破ったときは、この五人でまわすからな……どうした、イキすぎて立てないのか？　ずっと、そこにいろ」

米倉は去ろうとして、何か思い出したように足を止めて、言った。

「坂巻さん、さっき使ったバイブを出してくれ」

民雄はポケットにしまってあった大型バイブを取り出した。まだ淫蜜を付着させたバイブがぬらぬらと光っている。

それを米倉は受け取って、

「ほら、お前のいやらしい汁がいっぱいついているだろう。くれてやるよ。プレゼントだ」

透明なシリコンパイプを、響子の目の前に置いた。

「必ず持って帰れよ。いいな」

米倉は念を押して、「行こうか」と車両をドアに向かう。他の四人も、米倉の後をついて、ホームに降り立った。

「気分がいいな。これから早朝ソープに行って、すっきりしないか？　大丈夫、料金は俺が持つから」

米倉が上機嫌で言う。

「ああ、いいな。よし、みんなで行こう。俺も出しますよ……宮田さん、行きましょうよ」

林に言われて、

「いや、私は……」

と、宮田が渋った。

「宮田さん、今日くらいいいじゃないですか。記念すべき日だ。行きましょう」

国枝がけしかける。

あの国枝さんが……と思いながら、民雄もその気になってきた。

「坂巻さんも行くんでしょ？　うちでは新人なんだから、つきあわないと、ダメですよ」

林に声をかけられて、即答した。

「そうですね。新人としては断われませんね」

「よし、決まりだ。近いところがいいだろ」

米倉が先頭に立って、混雑したホームを歩きだした。

頼もしいリーダーを先頭に、『熟年痴漢クラブ』のメンバーは改札を出て、早朝ソープの行われている地域を目指して、地上に出る。

眩《まぶ》しいほどの朝の陽光を手で庇《ひさし》を作って、ふせいだ。

（そう言えば、この近くの個室喫茶で、由起子を初めて抱いたんだな）

ふいに由起子との甘い記憶がよみがえった。

（いや、もう別れたんだ。由起子は結婚するんだから……それに、俺にはこの仲間がいる。決して褒められた仲間じゃないが、ここには抜き差しならない者の持つ真実がある）

五人でぞろぞろと歩いていくと、家電量販店の元気な呼び込みの声が聞こえてきた。

＊この作品は、書き下ろしです。また、文中に登場する団体、個人、行為などはすべて実在のものとはいっさい関係ありません。

二見文庫

熟年痴漢《じゅくねんちかん》クラブ

著者　霧原一輝《きりはらかずき》

発行所　株式会社 二見書房
東京都千代田区三崎町2-18-11
電話 03(3515)2311 [営業]
03(3515)2313 [編集]
振替 00170-4-2639

印刷　株式会社 堀内印刷所
製本　株式会社 村上製本所

落丁・乱丁本はお取り替えいたします。
定価は、カバーに表示してあります。

ISBN978-4-576-13061-3
http://www.futami.co.jp/

二見文庫の既刊本

満員電車

KIRIHARA,Kazuki
霧原一輝

修吾は定年退職から一年後、再就職の面接を受けた。その帰りの電車で息子の嫁・千香が痴漢されているのを目撃し、これまでにない興奮を覚える。無事就職も決まり、通勤途中の満員電車で股間が女の尻に触れてしまう。揺れに任せて感触を味わっていたそのとき、女に手首をつかまれ——。人気作家の書下し回春官能!